CHARACTER
Cool Bishoujyo
春風鈴花

笹川文也

CONTENTS

Cool Bishoujyo

クール美少女の秘密な趣味を褒めたらめちゃくちゃなつかれた件

ネコクロ

BRAVENOVEL
ブレイブ文庫

プロローグ

「『――すずのひんやりとした手がとても気持ちよく、僕は本当に手を繋いでるんだと実感した。』……………うぅん、微妙かな？」

賑やかな空間から逃げ、静寂を求めて図書室を訪れた昼休み。

僕は一人長机に広げたメモ帳と睨めっこをしていた。

僕の趣味は小説を書くことであり、今現在その執筆中になるんだけど、いまいちシチュエーションがしっくりとこない。

経験をしたことがないから想像がうまくできないのかな？

でもそれを言ったら、彼女いない歴イコール年齢の作家さんはラブコメが書けないことになってしまう。

もちろん実際はそういう方でもしっかりとしたラブコメを書かれているし、大ヒット作だって出されてる方もいるのだからこれは言い訳でしかない。

もっとしっかりシーンを思い浮かべればいい描写が――。

「――あれ、笹川《ささがわ》君？」

「――っ!?」

目を閉じた瞬間に耳元で聞こえてきた女の子の声。

咄嗟に振り返れば顔見知りの女の子が僕のことを見つめていた。

「やっほぉ。いつもお弁当食べたら教室からいなくなると思ってたら、図書室にいたんだねぇ」

女の子はニコッと微笑みながら僕に近寄ってきている。

それを見て僕は机に置いてあるメモ帳を手に取ると、慌てて彼女の横を駆け抜けた。

「ご、ごめん……！」

「えっ――」

走り抜けた後ろから戸惑いの声が聞こえてきたけど、僕は構わず図書室を出た。

昔からそうなのだけど、僕は自分の見た目にコンプレックスを抱いていてあまり人と話すのが得意じゃない。

特にほとんど話したことがない人は苦手で、咄嗟にこういうふうに逃げてしまっていた。

図書室は一人で静かに小説を書けるいい場所だったのだけど、あの子に見つかってしまったからもうあそこで書くわけにはいかない。

うぅ……折角いい場所を見つけられたと思っていたのに、これはとてもショックだ。

だけど自分が書いた小説を知り合いに読まれることほど恥ずかしいことはなく、ましてや僕が書いている小説には少しばかり問題があるので誰にも中身を見られないよう注意をしておかないといけない。

この小説を同じ学校の人に見られでもすれば、僕はもう学校に来れなくなるだろう。

それくらいこの学校の人に見られると困るような小説を僕は書いている。

前にお願いした時は駄目って言われたけど、やっぱり昼休みも部室を開けてもらうように頼むしか――。

そんなふうに別のことに気を取られていたのがよくなかったんだろう。

僕は廊下の曲がり角から人が歩いてきていることに気が付いていなかった。

人影がはっきりと視界に入ってから止まろうとしてももう遅い。

反応が遅れ、更に勢いが付いた僕の体は止まることができず、勢いよく人影にぶつかってしまった。

「わっ！」

「きゃっ！」

ドンッと体がぶつかる音と共に聞こえてきたのは、女の子特有のかわいらしい声。

ぶつかった衝撃の弱さから言っても相手は体重の軽い女の子みたいだった。

痛みに耐えながら目をゆっくりと開けると、僕は思わず息を呑んでしまう。

純白に近い白くてきめ細かな肌。

肌の白さに似合う銀色に輝く長い髪。

鼻筋が通っている高い鼻。

薄く綺麗なピンク色をしている唇。

閉じてる瞼から生える長い睫毛。

僕が目を開けて視界に入ってきたのは、見惚れてしまいそうなほどにかわいらしい女の子の顔だった。

そしてそんな女の子の顔は僕の顔からすぐ近くにある。

というのも、勢いがついてる側と勢いがついていない側。

これらがぶつかった時、当然勢いがついてる側が前のめりに倒れてしまうことになるからだ。

もちろん当たった時の体勢にもよるのだけど、相手側が少し背が低かったからか、それとも僕の勢いがつき過ぎていたせいなのかはわからないけど、今現在僕は彼女を押し倒してしまっている。

しかもぶつかった相手は学校一の美少女として名が知られる春風鈴花《はるかぜすずか》さんだった。

その事実に気が付いた途端、僕の全身からは大量の冷や汗が流れる。

春風さんが有名なのは何もアイドル顔負けにかわいいということだけではない。

彼女は男女関係なく素っ気なくて冷たいことでも有名なんだ。

ただ、僕が今焦っているのは冷たいと有名な彼女を押し倒してしまったからだけではない。

もっとまずい爆弾を今の僕が持ってしまっていたからだ。

しかもその爆弾は、ぶつかった衝撃によって僕の手から落ちてしまっていた。

冷静に考えてこれは非常にまずい状態だ。

「いったぁ……」

彼女に見られるとまずい物がなくなっていることに気が付き、慌てて探していると組み敷いてしまっている春風さんが泣きそうな声を出した。

その声に釣られて視線を再度彼女の顔に戻すと、両目にうっすらと涙を浮かべた春風さんが丁度僕の顔を見たところだった。

至近距離で目が合ったことにより、少しの間お互い黙り込んで見つめ合ってしまう。

どちらかが顔を少しでも動かせば、お互いの唇が重なってしまいそうなほどに近い距離に僕たちの顔はある。


かわいい……。


元から凄くかわいいことは知っていたけど、至近距離から見ると本当にかわいいと思った。

だけど、ふと僕は冷静になる。

この状況を誰かに見られたらいったい僕は周りからどう思われるのだろうか？

学校で一番かわいいと有名な春風さんを押し倒して襲っていると勘違いされると思う。

そして何より、目にうっすらと涙を浮かべたまま何も言わずにジッと僕の顔を見つめる春風さんが怖い。

彼女は素っ気なくて冷たいことでも有名だ。

それは得てしてきつい性格の子に多い特徴といえる。

いったい今彼女が何を考えて僕の顔を見つめているのか、それを想像するだけで怖かった。

何より、僕は今さっきまでいったい何を探していた？

その物が春風さんの目に止まったらまずいんじゃなかったのか？

彼女に見惚れていた僕は、今自分が何をしないといけないのかを思い出し慌てて床に視線を落とす。

だけど目に映る場所にはその物が見つからない。

いったい何処にいったのか——すぐにでも見つけないといけないため焦って左後ろを見ると、春風さんの右手のすぐ傍にそれが落ちていることに気が付く。

あった、僕のメモ帳——！

僕は慌ててメモ帳を手に取る。

これがもし春風さんの目に止まれば僕は終わってしまうところだった。

本当に見つかってよかったと思う。

しかし——。

「ちょ、ちょっと……！」

僕がメモ帳を手に持つと、春風さんがなぜか焦ったような声を出して僕の顔を見てきた。

もしかして中身を見られた……？

一瞬冷たい汗が再度僕の体を伝うけど、落ちていたメモ帳はちゃんと閉じた状態だったため、絶対に彼女には中身を見られていないと思い直す。

多分春風さんは僕がぶつかって混乱していたけど、今になって状況を理解して文句を言おうとしているのだろう。

今回は完全に僕が悪いため、ちゃんと謝らなければいけない。

「ご、ごめんね……！」

「あっ、えっと、そうじゃなくて……！」

なんだろ？

謝ったらちょっと予想外の反応が返ってきた。

いつの間にか頬が赤く染まっているし、恥ずかしそうにチラチラと僕の顔色を窺うように見上げてきている。

「ど、どうかしたかな……？」

春風さんと話すのは初めてで正直怖いというイメージがあるから苦手意識を持っているのだけど、ぶつかっておいてそのまま逃げるわけにもいかず彼女が何を言いたいのか聞いてみた。

しかし、僕はそのことをすぐに後悔する。

「そのメモ帳……」

「――っ！　ご、ごめんね！」

「あっ！　ちょっと待って！　こら、待ちなさい！」

メモ帳という単語が聞こえてきた瞬間、僕は半ば無意識に駆け出していた。

自己防衛的な体の反応だったんだと思う。

本当にこのメモ帳の中身を春風さんに見られると僕は終わってしまうんだ。

少なくとも明日から学校に来れなくなるような状況になる。

だからぶつかっておいて申し訳ないのだけど、彼女がメモ帳に興味を示した以上逃げるしかなかった。

あの場に残っていたらメモ帳を見せてというやりとりにもなりかねないからだ。

「――――――っ！」

走り去る僕の背中側では春風さんが何か言っているような気がしたけど、僕はもう振り返ることをしないのだった。

――まるでラブコメのような学校一の美少女との衝突事件。

まさかこれが、本当にラブコメのような展開になっていくだなんてこの時の僕には想像もつかないのだった。

第一章　クール美少女の秘密

放課後――僕は自分が所属している文芸部の部室を訪れていた。

部とは言っても、去年姉さんを始めとした先輩たちみんなが卒業していったことで、今年は二年生の僕一人になってしまっているんだけどね。

人と関わるのが苦手で積極的に部員を勧誘しなかったのだけど、完全にそのせいで部員不足になっている。

去年は同級生の中から二、三人くらいは入ってくれる人がいるかと思ったのに、その期待は儚くも散ってしまったんだ。

今年は新入生が入部してくれればいいのだけど、もう既に四月半ば頃なので去年のことを考えるに期待は薄いかもしれない。

まぁ僕も姉さんがいなければ入ってなかっただろうから、人のことは言えないのだけど。

さて、ない物ねだりをしても仕方がないのでそろそろ小説の続きを書くことにしよう。

それに正直言うと、一人のほうが気を使わなくて楽だしね。

僕は昼休みに小説を書いていたメモ帳を鞄から取り出し、部室に備え付けられているパソコンの前に置く。

いつも昼休みで書いて、続きは部活で書くというのが今の僕のスタイルになる。

そして書き終えたらWEB小説サイトに載せているんだ。

今日はクラスメイトに声をかけられたからあまり進んでいないし、この時間でしっかりと書かないといけない。

――そう思ってメモ帳に視線を落とした時、僕は少し違和感を抱く。

「あれ、僕のメモ帳こんなに綺麗だったかな？」

結構使い込まれているような雰囲気はあるのだけど、どことなくメモ帳の表面が綺麗な気がする。

僕が持っていたメモ帳はもう少し汚れていたような気がするんだけど……まぁでも、よくよく思い出してみるとこんな感じだったかもしれない。

手元にある以上このメモ帳は僕のだろうし、鞄の中に他にメモ帳があるようにもなかった。

だから気にせずメモ帳を開いたのだけど――開いた瞬間、視界へと飛び込んで来たイラスト・・・・・のラフを見て僕は固まってしまった。

僕の視界に入る物――それは、ファンタジー特有の獣耳らしき耳を生やす美少女だった。

しかし、それだけじゃない。

服はほとんど千切られたようになっているし、全身には触手が絡みまくっていた。

そして表情は、男の性欲を刺激するようなとろけた表情になってしまっている。

完全に快楽によって堕ちている表情だ。

僕の視界に入ってきた物――それを簡潔に言うと、エロイラストのラフだった。

「……ふぁっ!?」

ジッとイラストに見入っていた僕は我に返ると慌ててメモ帳を閉じる。

なんで!?

なんで小説を書いていたはずのメモ帳にエロイラストが描かれているの!?

まさか僕が書いていた小説が勝手にイラストに——って、いやいや!

僕そんなエロ小説書いてないし!

普通に健全なラブコメを書いてるんだ!

だから関係ないし、そもそも小説が独りでにイラストに変わるなんてことありえない!

いったいどうしてこんなことに——!

突然の事態によって僕の思考は完全に混乱していた。

そして自分でもなぜだかわからないけどもう一度メモ帳に手を伸ばし、ゆっくりとページをめくってみる。

すると、他のページにもやはりエロイラストのラフが描かれており、獣耳の美少女だけでなく、清楚そうなお嬢様や、厳しそうな女教師——もしくは、秘書らしき女性。

他にもギャルっぽい子などのエロイラストが描かれていた。

ただ一つ共通しているのは、全員拘束されて触手や道具で責められていること。

先ほどとは違い快楽に抗う美少女も描かれていたけれど、男の欲望を掻き立てることには変わりない表情だ。

一ページたりとも相思相愛のエッチシーンはなく、全員無理矢理犯されて悔しそうにしていたり、後は泣きながら我慢している表情やもう完全に快楽へと堕ちてしまっているような表情が描かれていた。

どうやらこのイラストの作者はよほど偏った性癖があるらしい。

「ごくっ……」

僕はいつの間にかまたイラストに見入ってしまっており、思わず唾を飲み込んでしまう。

まだ頭の中は混乱してしまっているけど――いや、むしろ混乱しているからこそ脳の処理が追い付かずにこのイラストに見入ってしまっているのかもしれない。

それに何かこのメモ帳の持ち主の手掛かりがあるかもしれないじゃないか。

だからちゃんと隅々まで見ておく必要があるんだ。

僕はそう自分に言い訳をしつつ、エロイラストをジッと見つめてしまった。

このイラスト、かなり上手だ。

たまにSNSでプロのイラストレーターさんが描いたエロイラストが流れてくるけど、ラフとはいえ完成形じゃないことを考えるとそれらのイラストに勝るとも劣ってはいない。

さすがにこのメモ帳に描かれているイラストには色がついていないし、そもそも完成形ではないのだけれど、完成したらいったいどんなふうになるのか見てみたいと思ってしまった。

――その時だった、部室のドアがいきなりノックされたのは。

「入ってもいいかしら？」

四回ノックされた後に聞こえてきた声は鈴のように耳触りのいい女の子の声。

少し冷たさが含まれたような声ではあったけれど、僕にはこの声に聞き覚えがあった。

ほんの数時間前に聞いた声だったからだ。

どうしてノックを三回じゃなく四回？

――という疑問はさておき、僕は思わぬ来訪者に体が硬直してしまった。

どうして彼女がここに？

もしかしてなくなった僕のメモ帳は彼女の手元にいっていた？

そのような疑問が頭を駆け巡り、僕は本来取らないといけない行動を取れなかった。

そしてその数秒のロスが命取りになる。

「入るわね」

そう、僕が返事をしなかったことで、声の主が部室へと入ってきてしまったのだ。

入ってきたのは、銀色に輝く綺麗な髪を長くまっすぐと下におろした女の子。

すれ違えば誰もが振り向きそうなほど整った顔つきをしており、上品に歩く姿からは優雅さが窺えた。

そんな女の子――僕が昼休みにぶつかってしまった春風さんは、部室にポツンと一人いた僕へと視線を向けてきた。

僕は混乱したまま硬直していたのだけれど、こちらを黙って見つめていた春風さんの顔色がなぜか段々と悪くなる。

いったいどうしたのか、彼女の顔色に疑問を抱いた僕は半ば無意識に彼女の視線を追う。

――そして、おそらく彼女の顔色以上に僕の顔色は悪くなった。

なんせ、僕が開いているメモ帳では触手に犯されている長髪で巨乳の女の子が描かれていたのだから。

しかもどことなく春風さんに似ている気がする。

うん、顔や髪型とかは本当に似ているような気がするね。

ちなみに春風さんは巨乳とは真反対の位置にいるのだけど、そんな失礼なことを僕は言ったりしない。


ですのでこのやばい状況をどうにかしてくれませんか、神様……！


明らかに春風さんが僕の持つメモ帳の開かれたページを凝視していたため、この後に起きるであろう悲劇を想像した僕は心の中で神様に助けを求めた。

まぁ当然、そんな都合よく神様は助けてくれないのだけど。

「あっ、えっと、その……」

このままではまずいと察した僕はどうにか言い訳できないか頭を回転させたけど、生憎これといっていい手段が浮かばずに言葉になっていない声しか出てこなかった。

そんな僕に対して春風さんは無言で近寄ってきて、ブンッと勢いよく僕の手からメモ帳を取ってしまった。

やばい、怒られる——と思ったのも束の間、春風さんはそのまま無言で僕を見てきたかと思えば、なぜかみるみるうちに目の端に涙を溜め始める。

そしてガクッと全身の力が抜けたように床へとくずおれてしまった。

「だ、大丈夫……？」

さすがに目の前で倒れるように座られてしまえば放っておくわけにはいかず、僕は春風さんに声をかけてみる。

しかし僕の声が届いているのか届いていないのか、春風さんは絶望に染まった表情をしてゆっくりと口を開いた。

「終わった……」

「えっ、何が……？」

「私の人生終わった……！　もう学校来れない……！」

いったいどうしてしまったのか、春風さんは両手で顔を覆ってしまう。

僕の声は届いているはずなのに、それに対して反応が返ってこない。

どうしよう？

僕はどうしたらいいんだ？

急な展開に僕は頭が混乱してしまい、自分がどうしたらいいのかわからなくなってしまう。

こんな急展開、ラノベでもそうそうないいんじゃないだろうか。

とりあえず彼女から話を聞かないとどうしようもない。

「春風さん、いったいどうしたの……？」

「な、名前まで知られてる……！　もう本当にお終いよ……！」

しかし、名前を呼ぶと絶望感からか春風さんは更に打ちひしがれてしまった。

この学校の生徒ならほとんどの人が知っているくらい有名人なのに、本人にはそれほど自覚がないのかもしれない。

そのせいで何か悪いことをされるんじゃないかと心配しているようだ。

それどころか、春風さんは次第に涙を流し始める。

いきなり泣き出すものだから僕は慌てて声を出した。

「な、何もしないよ？　ね、だから泣きやんでよ」

「ひっく……ぐすっ……本当に……何もしない……？」

声を掛けると、春風さんはクール美少女というのが嘘かのように子供みたいな泣き顔を僕に向けてきた。

うん、これは僕の信用のなさのせいなのかな？

別に何かを要求したことはないはずなのに、とても不安げな顔で見上げられてしまった。

その際に、『美少女が涙目で上目遣いに見上げてくるのはかわいいなぁ』と思ったのはここだけの話。

「うん、何もしないよ。それで、なんで急に泣きだしたの？」

「……わかるでしょ？」

いや、わからないから聞いているんだけど。

突然部室に現れてメモ帳をとられたと思ったら、そのまま絶望して泣き出されたんだから急展開に頭がついていっていないよ。

……あれ？

メモ帳を取ってから泣き出した？

ふと、自分が思い浮かべた言葉に僕は疑問を抱く。

そういえばなんか、『終わった』とか、『もう学校に来れない』とか言っていたよね？

いや、もちろん僕が春風さんのエロイラストを描いていたと勘違いされて、性的な目で見てくる男がいる学校にはもう通えないと言っているようにも取れるのだけど、多分先ほどの様子を見るにそれは違うと思う。

むしろ、隠しておきたかった自分の秘密を誰かに知られてしまった時の反応に近かった気がする。

まさか――。

「えっと……そのメモ帳の持ち主、春風さん……？」

「…………はい」

恐る恐る尋ねてみると、春風さんは小さくコクリと頷いた。

そして自分の予想が的中してしまったことに僕は顔を手で覆いたくなる。

もちろんそんなことをすれば春風さんを傷つけてしまうからグッと我慢したけれど、それでも内心動揺は隠せない。

あの素っ気ないことで有名なクール美少女の春風さんが、まさかエロイラストを描いていたなんて……。

こんなことをみんなが知ったら軽く学校中がパニックになりそうだ。

それに、何を思って春風さんはこんなのを描いているのか。

普通高校生ならかわいいキャラのイラストは描いても、エロイラストなんて描かないと思うんだけど……。

「ぐすっ……軽蔑したような目で私を見てる……」

一人思考を巡らせていると、目の前にへたりこんでいる春風さんがなんだかまた泣きだしそうになっていた。

「そ、そんな目で見てないよ！　ほら、あれだよ！　イラストを描くのが凄く上手だなぁって思ってたんだ！」

また絶望されたり泣き出されると困るため、僕は慌ててフォローをする。

しかし、言葉にしてから後悔をした。

本来この状況ではメモ帳に触れないことが正解だった。

少なくともそこから気を逸らすべきだったのに、よりにもよってメモ帳に関する話題を持ち出すだなんて僕は馬鹿か。

自ら地雷を踏み抜いた僕は恐る恐る春風さんの顔を見てみる。

――そして、息を呑んだ。

先ほどまで涙目で僕の顔を見上げていた春風さんが、何かを期待するかのように目を輝かせながら僕の顔を見上げていたからだ。

「ほんと……？」

春風さんは涙によって潤んだ瞳で僕の顔を見つめながらかわいらしく小首を傾げた。

正直かわいさに拍車がかかったと思う。

「う、うん、本当だよ」

あまりのかわいさと、予想していたのとは違う反応だったため僕は少し言い淀んでしまったけれど、イラスト自体に関しては本当に上手だと思っていたので素直に頷く。

まぁ、内容には思うところが物凄くあるのだけど。

「どこが？」

「えっ？」

「どこがよかったの？」

どこがって、もしかしてエロイラストの感想を聞かれているの？

いやいや、まさか。

だって僕が言ったのは上手ということだけで、よかったと言ったわけじゃないし。

だけど――チラッと春風さんの顔色を窺ってみると、物凄く期待したような目で見つめられていた。

どうやら本当に感想を求められているみたいだ。

えっ、女の子相手にエロイラストの感想を言うだなんてなんの罰ゲーム？

しかも相手はあの春風さんだよ？

今はなんだか様子が変だけど、エロイラストの感想をまじめに言ったりしたらどん引かれて冷たい目を向けられるんじゃないのかな？

さすがに僕にはそんな度胸なんてないんだけど？

ましてや美少女からジト目や白い目を向けられて喜ぶような性癖もないしね。

「あの、感想……」

僕が一人頭の中でツッコミを入れていると、春風さんが上目遣いで再度感想を求めてきた。

「あっ、えっと、そうだね。みんなとてもかわいいと思うよ」

「それ、だけ……？」

うわ、当たり障りのない感想を言ったら物足りなさそうな——そして、仔犬のような顔で見つめられてしまった。

春風さんは意外と欲張りな子みたいだ。

ただ、もしかしなくてもこれは、シチュエーションとかについても感想を求められているのかな？

いやいやそれはさすがにきついよ。

厚顔無恥な男子やそっち系が好きな男子なら喜んで語るのかもしれないけど、生憎僕はそのどちらでもない。

ましてや相手は春風さんなわけで……本当にどんな罰ゲームなんだ。

「えっと、本当にかわいいと思うよ」

「むぅ……本当はそう思ってなさそう……」

うぅ、やっぱりかわいいという言葉だけでは納得してくれないらしい。

プクッと頬を膨らませて物言いたげに僕の顔を見つめてきている。

率直に言うと拗ねた春風さんの表情はとてもかわいいのだけど、今まで彼女に抱いていたイメージとかけ離れすぎていて戸惑ってしまう。

冷たくて素っ気ない女の子だと思っていたのに、今は何だか子供っぽく見える。

泣きやんだ直後だからなのかな？

まぁ何はともあれ、この様子だとちゃんと感想を言わないと駄目らしい。

本当になんの罰ゲームなんだ……。

「触手……いいと思いました……」

「どんな感じで？」

何この子⁉

鬼⁉

鬼なのかな⁉

恥を忍んでエロイラストに対して感想を言ったのに、春風さんは更に追及をしてきた。

容赦がなさすぎるんじゃないかな？

ましてや男子にしていい話題ではないと思うのだけど。

「触手が美少女にまとわりついてて……それで快楽と戦いながらも負けそうな感じの美少女がよかったです……」

どうも曖昧な感じでは逃がしてくれなさそうな春風さんに諦め、僕は半ば投げやりになりながら正直に答えた。

あぁ、穴があったら入りたい……。

「笹川さんって触手プレイが好きなんだ。マニアックね」

「……君に言われたくないよ」

確かに触手プレイがいいなんて言ったらマニアックだと思われるかもしれないけど、よりにもよって触手プレイを描いた本人に言われたくない。

後、目が輝いていて同士を見つけたような表情なのだけど、この子は今僕のことをどんなふうに見てるんだろう？

まさか、エロ好き仲間とか思われてないよね？

「この部室、文芸部……よね？　笹川さん一人だけなのかしら？」

春風さんの表情に戸惑っていると、彼女はキョロキョロと部室内を見回した後小首を傾げて質問をしてきた。

「えっ？　あっ、うん、そうだけど？」

「そう……！」

あれ？

この子なんで余計に目を輝かせてるの？

そして、立ち上がったと思ったらどうして鞄を持って部室内を進み、僕が座っていた椅子の横に椅子を持ってきているのかな？

「あの……？」

「笹川さんに他にもイラストを見せてあげるわ……！」

「へっ!?」

何!?

どういうこと!?

「他にもいっぱい描いてるから……！　だから見せてあげる……！」

春風さんは僕の戸惑いなんかに気付いた様子はなく、嬉々として鞄から大量にメモ帳を取り出した。

いったい何冊持ってるんだ。

「いや、あの……」

「これ、笹川さんが好きそうな物だと思う……！」

止めようと思い春風さんに近寄ると、クール美少女らしからぬ満面の笑みを浮かべて開いたメモ帳を見せてきた。

そしてそこに描かれているのは、ハイエルフらしき耳が凄く長い美少女が、粒々がついた触手に全身をまさぐられて蕩けた表情になっているイラストだった。

うん、頭が痛い。

――それから下校時間までの間、僕は春風さんが描いたエロイラストに関して延々と感想を求められるのだった。

◆

キーンコーンカーンコーン――キーンコーンカーンコーン。

羞恥による大きなダメージを精神的に負って僕が遠い目をしていると、下校時間を知らせるチャイムが校舎内に鳴り響いた。

「あっ、チャイム……」

あれからずっと嬉々としながらエロイラストについて語っていた春風さんは、チャイムの音を聞いて残念そうに表情を曇らせる。

そしてどこか寂しそうに僕の顔を見てきた。

随分と楽しそうに話していたし、この時間が終わることを残念に思っているのが見てとれる。

まぁ内容はもう僕の精神力を思いっきり削ってくれるようなものだったんだけどね。

ただ、逆に言うと内容が内容だけに春風さんは話し相手がいなかったんだと思う。

だから、勘違いからエロイラストに興味を持っていると思われた僕のことを話し相手と認識してここまで話をしてきたと見ていい。

まぁ少なくとも一つだけ言えることは、春風さんはむっつりというレベルではないということだね。

よく男子相手にそんなこと言えるねってレベルの話をたくさんしてきていたんだ。

正直顔が熱くて仕方がないよ。

同時に、春風さんのような美少女がエロイラストを描いていて、しかも嬉々として話している姿にドキドキとしてしまっている自分が情けない。

おかしいな、僕こんな人間じゃなかったはずなのに。

そして何より、クラスメイトとまともに話せない僕が春風さんとは意外と話せていたことに驚いている。

……いや、まぁ、色々と気圧されていたからまともに話せていたかどうかは怪しいけど。

「戸締りしないといけないから、春風さんは先に帰っててくれる？」

「なんで？」

「えっ？」

「私もきちんと手伝うわ」

どうやら春風さんは戸締りを手伝ってくれるみたいだ。

今まで関わってこなかったから噂でしか知らなかったけど、意外と優しいみたいだね。

「そっか、ありがとう。それだったら悪いんだけど、窓を閉めて鍵をかけてくれるかな？　僕はパソコンの電源を落としたりするから」

「わかった」

僕の言葉に従い春風さんは窓に向けて歩いて行く。

素直でいい子だ。

さて、僕は今のうちにパソコンを落とさないと――あれ？

僕はパソコンの電源を落とそうとしてふと手を止める。

なんだろう？

なんだかとても大事なことを忘れている気がする。

喉元までそのことが出かけているんだけど……いったいなんだったかな？

「――ごめん、笹川さん……」

「えっ？」

何を忘れているのか、それを思い出そうとしていたらいつの間にか春風さんが僕の後ろにまで来ていた。

その表情はとても申し訳なさそうに見える。

僕は考えるのをやめ、首を傾げながら口を開いた。

「どうしたの？」

「あの窓……鍵が硬すぎて閉められないの」

春風さんが指さす方向を見れば、一番左側の窓だけ鍵がかかっていない。

「あぁ、この部屋結構ボロいから鍵の部分も錆びついちゃってて、硬いところがあるんだよね。僕が閉めるよ」

「閉められるの？」

なんで不思議そうに聞かれるんだろう？

そりゃあ僕だって男なんだからいくら硬くても窓の鍵くらいは閉められるんだけどな。

「よいしょっと」

硬い鍵に慣れている僕は右腕を軸にしながら全身の力を使って鍵を閉める。

「ね、できたでしょ？」

「わぁ、凄い」

自分が閉められなかった鍵を僕が閉めたからか、春風さんは感心したようにパチパチと拍手をしてくれる。

どうしよう、ドヤッたのが恥ずかしくなってきた。

「そっか、力が弱くても全身の力を使ったら閉められるのね」

「うん、力が弱いことが前提なのは気になるけど、まぁそういうことになるね」

春風さんの言ってることは半ば間違っていないため、思うところはありながらも僕は素直に頷く。

なんだろ、確かに見た目が女の子っぽいと言われることが多いけど、僕ってそんな非力に見えてるのかな？

「あっ、それよりも早く鍵閉めて職員室に持って行かないと先生に怒られちゃう！」

春風さんに聞いてみようかと思ったけど、ふと時間が押していることを思い出し僕は思考を切り換える。

僕たち生徒には最終下校時刻というのが決められているため、その時間を過ぎたら結構厳しく怒られてしまうのだ。

その辺はこの学校が進学校だから仕方ないし、文化部の僕には着替えなども発生しないため普段なら気にしない。

だけど今は、春風さんとのやりとりで結構時間がやばくなりそうだった。

「そう、じゃあ急ぎましょう」

春風さんはやっぱり素直なようで、僕の言葉を聞くと急いで鞄を持ち上げて部室の前に出てくれた。

本当に素直でいい子だ。

この子があの学校で有名なクール美少女の春風さん？

全然そんなふうには見えないよね？

いや、確かにクールなんだけど、怖さがないというか、取っ付き辛くないというか。

別人……ということはないだろうけど……。

「ほら、笹川さん。急がないとだめなんでしょ？」

「あっ、うん、そうだね」

まぁもう春風さんはこの部室に用はないから明日から来ないだろうし、深く考えるのはやめておこう。

どうせ明日からは関わることがないだろうからね。

僕は春風さんの様子に疑問を持ちながらも、それ以上は考えるのをやめて部室に鍵をかけるのだった。

「――あれ？　付いて来てくれなくても、春風さんはもう帰っていいんだよ？」

部室の鍵を返すために職員室に向かっていると、なぜか春風さんも付いて来ていたので僕は彼女に帰っていいことを伝える。

下駄箱を目指すならこっちに来るのは遠回りだろうから、わざわざこっちに来る必要はないんだしね。

「ちょっと、ね……。だめ、かしら……？」

「あっ、いや……別にいいけど……」

上目遣いでかわいらしく小首を傾げられてしまい、僕は頷くしかなかった。

まぁ彼女が付いて来て困ることはないし、別にいいよね。

――その判断を僕は数分後に後悔する。

というのも、学校で一番人気の春風さんと一緒に歩いていることですれ違う生徒たちからかなり注目を集めてしまったのだ。

　全員が全員不思議そうに僕たちを見てくるし、男子は皆嫉妬がかなり入り混じった目で僕の顔を見てくる。

　ヒソヒソと何を言われているのかはわからないけど、正直生きた心地がしなかった。

　そして何より、いつからかは正確にはわからないけど、隣を歩いている春風さんの表情から笑顔が消えていたことが気になる。

　その表情は僕が知っていたクールで素っ気ない春風さんそのものであり、はっきり言って戸惑いしかない。

　さっきまで笑顔だったのにどうして今は無表情なのか。

　気まずくて声をかけてもただ頷いたり短い返事をしてくれるだけでまともに話してくれないし、何より声がとても冷たかった。

　知らない間に何か怒らせてしまったのかな？

　でも、思い返す限り怒らせるようなやりとりなんて一切していないはずだ。

　ましてや二人きりの時は笑顔だったわけだし――あれ？

　春風さんの態度が一変したことに考えを巡らせていた僕は、ふと気になることがあって考えをシフトする。

　もしかして……みんながいるところに出たから、彼女は冷たいくらいに素っ気なくなったのかな？

理由は定かじゃないけど、こんなふうに周りから注目を浴びるのはいい気がしないだろうし、ましてやヒソヒソと自分の話をされるなんて気分が悪いと思う。

だからそのせいで春風さんの機嫌が悪くなったと考えるのが一番ありえるんじゃないかな？

とはいえ、それがわかったところでこの状況を僕にはどうしようもできないのだけど。

僕は気まずい空気の中、早く職員室に着いてほしいと願うことしかできなかった。

「――はい、鍵は確かに受け取りました。少々時間が遅かったので、次は気を付けてください」

職員室に着いて文芸部顧問の神代《かみしろ》先生に鍵を渡すと、遅くなったせいで少し小言を言われてしまった。

神代先生は髪を後ろにくくるポニーテールヘアーで眼鏡をかけているのだけど、もう見た感じ仕事がバリバリできる社長秘書にしか見えないような先生だ。

そしてその見た目に反せず、生徒に厳しい先生でもある。

授業中に寝ようものなら宿題を大量に出されるし、放課後職員室に呼び出されてしまうことも珍しくない。

他にも廊下を走ったりしても説教をされるなど、学校で一番怖い先生なんじゃないかと生徒の中では有名だ。

ただ、美人な先生でもあるため結構男子からは人気があったりもする。

男子ってかわいかったり綺麗だったらいいっていうところがあるからね。

去年この学校を卒業した僕の姉さんは神代先生のことをとても優しい先生だと言っていたけれど、全然そんな雰囲気はない。

まぁ姉さんは僕と違ってかなりの優等生だったから、神代先生にも目をかけられていただけだろうね。

実際仲はよかったわけだし。

「笹川君、聞いていますか？」

「あっ、はい。すみません、明日からはちゃんと気を付けます」

「そうしてください。ところで――」

今度は何を言われるんだろ？

そう思って先生の言葉を待っていると、先生は僕から視線を外して僕の右隣を見た。

どうやら僕に話があるわけじゃないらしい。

「春風さんは私に何かご用でしょうか？」

神代先生の興味は僕からこの場にいるはずのない春風さんへと移り、彼女がここにいる理由を尋ねる。

まぁ先生に用事があって来ていると想像するのは当然だと思う。

しかし――。

「いえ、何も用事はないです」

僕にただ付いて来ただけの春風さんが、神代先生に用事なんてあるはずがなかった。

職員室の前で待っててくれればよかったのに、どうしてこの子は一緒に入ってきてしまったんだろう？

さすがにこれでは神代先生も眉を顰めてしまう。

「では、どうしてあなたはここに？」

「なんとなくです」

「なんとなく……春風さん、あなたは入学以来常にテストで一番を取っているようですが、気を抜くとすぐに他の子に抜かれてしまいますよ？　こんなふうに無駄な時間を過ごしている暇はないはずです」

神代先生はチラッと僕の顔を見た後、春風さんに対して注意を始めた。

一瞬だけ僕の顔を見たのは、おそらく春風さんが僕に付いてここに来たのだと神代先生なら察したんだと思う。

それでも僕について何かを言うのではなく、順位を落とさないように注意したのは春風さんの真意を測りかねているからだ。

春風さんのことを知る人なら今この場に用もなく彼女がいること自体意外なため、さすがの神代先生にも理解できないというわけだね。

まぁ僕もわかっていないから人のことは言えないのだけど。

そして春風さん、ムッとしてるけどまさか神代先生に突っかかるつもりじゃないよね？

「お言葉ですが――」

――そのまさかだった。

知ってる？

相手はこの学校で一怖いと言われている先生なんだよ？

「せ、先生！　もう最終下校時間が迫っているので失礼します！」

「あっ、ちょっと――！」

このまま春風さんを野放しにするのはまずいと思った僕は、彼女の手を取って慌てて職員室を出た。

春風さんは急に手を取られて驚いているようだけど、あのまま放っておいたら神代先生を怒らせていたかもしれないためこうするしかなかったんだ。

ただ、少し失礼な退室の仕方をしてしまったため明日神代先生に注意をされるかもしれない。

僕は何も悪くないはずなのだけど、なんでこうなるんだろうね……。

「――お、おい……！　あいつ春風さんと手を繋いでるぞ……!?」

「うわ、まじだ！　はぁ、どういうことだよ!?」

「いや、あれ女の子じゃね？　ちょっと地味だけど凄くかわいいし」

「馬鹿、よく見てみろ、男子の制服だろうが。ほら、入学当初に噂になってた奴だよ」

職員室を出るとなんだか廊下が先ほどよりもざわついていた。

いったいどうしたんだろう？

「あの、笹川さん……手……」

「えっ？」

周りからの視線が強まってることに戸惑っていると、春風さんがか細い声を出した。

そして彼女の目線に釣られて視線を落としてみると、そこにはバッチリと春風さんの手を握っている僕の手がある。

……あっ。

「ご、ごめん！」

自分がとんでもないことをしていることに気付いた僕は慌てて手を放して謝る。

絶対に怒られる――そう思ったのだけど、春風さんは優しく笑って首を横に振った。

「いい、別に。驚いただけだから」

「あっ……ありがとう……」

意外な反応に僕は戸惑ってしまい、反射的にお礼を言うことしかできなかった。

だけど、どうやら戸惑ったのは僕だけでなく周りの生徒たちも同じようだ。

みんな信じられないとでも言いたげな表情で僕たちのことを見ている。

「なぁ、今の見たか……？」

「あっ、あぁ……春風さん、あんなふうに笑うんだな……」

「やばい、鼓動が激しくて爆発しそうだ……。春風さんの笑顔、かわいすぎるだろ……」

コソコソといったい何を言ってるのか気になるけど、生憎僕は聴力に優れていないため内容が聞き取れない。

まぁろくなことは言ってなさそうなので聞き取れなくていいのだけど。

特に端っこの男子なんてだらしない表情を浮かべて春風さんの顔を見つめているから、本当にろくでもないことを考えていそうだ。

「………………」

春風さんもいつの間にか素っ気ない態度に戻っている。

さっきの笑顔は幻かと思うほどの切り替えの早さだ。

──まぁそれはそうと、これから帰るわけなんだけど……この子はいったいいつまで付いて来るのかな？

春風さんは下駄箱に着くと自分の靴を取りに行ったのだけど、その後すぐに戻って来て僕の隣で靴を履き始めた。

どう見ても一緒に帰ろうとしているらしい。

「どうかしたの？」

「いや、別に……」

「ふ〜ん」

春風さんの考えはよくわからないけど、ここで一緒に帰ることを拒むのは失礼になるよね。

正直言うと、素っ気ない春風さんと一緒にいるのは空気が重くて少し居心地が悪い。

でもだからといって、一緒に帰ろうとしてくれてる女の子を突き放せるほど僕は冷たい人間ではなかった。

ここで僕が取れる選択肢なんて春風さんと一緒に帰ること以外にない。

……もうそれは、選択肢とは言えないのだけど。

僕たち二人は校門を出た後も周りの生徒から注目を浴びていた。

それくらい春風さんが誰かと一緒に歩いていることが珍しいみたいだ。

ましてやその一緒に歩いている相手が男となれば、みんなが注目をしてしまう気持ちもわからなくはない。

春風さん、男を近寄らせない雰囲気を放ってるからね。

それから十分ほど歩いた頃、僕たち二人だけになると春風さんの雰囲気がガラッと変わる。

部室で見せたクールさも残ってはいるのだけど、優しさがある笑顔で僕の顔を見上げてきたのだ。

心なしかどこか構ってほしそうな仔犬の表情にも見える。

「どうかしたの？」

さすがにそんな表情を向けられると無視はできないため、こちらから声をかけてみる。

すると、春風さんは待ってましたと言わんばかりに表情を輝かせた。

構ってほしがりなのかな？

「笹川さんは髪色だと何色が好きなのかしら？」

春風さんがしてきた質問はかなり唐突な物だった。

まぁエロ話よりは全然マシなのでいいのだけど。

「そうだね、どの色も好きだよ」

「その言い方、優柔不断な人が言いそうな言葉ね」

「うっ、そ、そう言われるとなんだか駄目な答えだった気がするね」

「別に駄目ってわけじゃないけど……強いて言うなら、何色が好きなの？」

人のことを優柔不断呼ばわりしていたのに、どうやら春風さんに悪気はなかったらしい。

まぁ確かに声は優しかったし、言葉自体にも棘があるような印象は受けなかったため思ったことを口にしただけなんだろうね。

それはそうと、好きな髪色かぁ。

「銀髪、かな？」

一般的に人気があるアニメキャラの髪色で多いのは、金髪か銀髪だと思う。

ピンク色も多いけど、個人的な印象では金か銀って印象だ。

そして僕は、そんな二択に絞らなくても銀色が一番好きだと自覚している。

特に銀色の髪色をしたクール美少女が実はデレるキャラだったという所謂クーデレのキャラが大好きだ。

だって普段素っ気なかったりするのに、二人きりになると急に甘えん坊になったりするのってとてもかわいいじゃないか。

銀色の髪はクールを印象づけやすいし、それで個人的には銀色がいいなってなってる。

ちなみに僕が書いている小説のヒロインも銀色の髪をしたクーデレキャラだ。

まぁといった理由から銀色と答えたのだけど、春風さんは急に自分の髪を触り始めて意味ありげな視線を僕に向けてきた。

——うん、僕はもう少し考えて発言をしたほうがいいかもしれない。

「私、銀色だね」

そう、春風さんの髪色はとても綺麗な銀色なのだ。

つまり、今しがた僕が好きといった銀髪は春風さんに当てはまってしまう。

だから彼女が意識してしまっても仕方がないし、僕は迂闊な発言をしたことに後悔するしかなかった。

しかし春風さんは特段嫌そうにしている様子はなく、むしろどこか嬉しそうに見える。

どうしてだろう？

「私は銀髪より黒髪のほうが好きかしら。笹川さんの黒髪は艶があって綺麗だから凄く羨ましいと思う」

先ほどのお返しのつもりなのか、春風さんは僕の黒髪のことを褒めてくれる。

艶があるとかそういうのはよくわからないけど、女の子の代表ともいえる春風さんに羨ましがられるなんて思いもよらなかった。

後、正直女の子に羨ましいと言われるのは複雑な気持ちにもなる。

「僕の髪なんて大したことないけどね」

「そんなことない。結構お手入れに気を使ってるんじゃないの？」

髪のお手入れに気を使う？

春風さんは意外と純粋なのかな？

女の子と違って男だと髪のケアなどしない人がほとんどなのにね。

「別に何もしてないよ。普通にお風呂上りにドライヤーで乾かして終わりかな」

「えっ、そうなの？　羨ましい……私なんて結構お手入れ頑張ってるのに……」

「春風さんのほうが圧倒的に綺麗な髪をしてるんだから、そんな物言いたげな目で見てこなくていいんじゃないかな!?」

僕の返答が気に入らなかったのか、春風さんがプクッと頬を膨らませながら物言いたげな目で僕の顔を見つめてきたので、僕は慌ててフォローをした。

「これも生まれ持った天性の差なのかしら」

うん、この子はいったい何を言ってるのかな？

学校一かわいいと名高いのだからどっちが見た目に優れてるか明確なのに、正直羨ましがられる理由がわからない。

それに、僕は男だから春風さんと比較対象になっている時点でおかしいよ。

「春風さんのほうがずっといいと思うんだけど……。よく男子から告白をされてるよね？」

「よく知ってるわね？」

「そりゃあ有名だから知ってるよ」

「ふ～ん」

あっ、興味なさそうだ。

というか、こういう話題は嫌いなのかもしれない。

だったら話を変えよう。

「ところで、春風さんって徒歩通なの？」

「どうして？」

「だって自転車通じゃないみたいだし、今駅に向かう道は通り過ぎたよ？」

「あっ……」

僕の言葉を聞いて後ろを振り返る春風さん。

まさかこの子……。

「もしかして、通り過ぎたの気付いてなかった？」

「うん……」

春風さんは小さくコクリと頷いて僕の言葉を肯定する。

あれだね、春風さんは少し抜けているらしい。

今まで全くそんなイメージはなかったし、むしろ隙が一切ない女の子だと思ってたから物凄く意外だ。

なんだか話しているとちょっとクールなだけの普通の女の子みたいに見えるから、今までのことは偏見だったのかな？

でも、みんながいる時の春風さんは息が詰まるように張り詰めた雰囲気を放っていた。

正直その春風さんは僕が知っていたイメージそのままだったと思う。

だけど今は他人と話すのが苦手な僕でさえ話しやすい女の子だ。

何か理由があるんだとは思うけど、さすがに話したばかりでそこに踏み込むことはできないよね。

それに多分、次に話すことがあったとしても当分先だろうし。

春風さんとはクラスが違うため普段なら顔を合わすこともそうそうない。

だから何か用事がない限りはもう話すことがないわけなんだ。

「――あれ？　どうかしたの？」

もう春風さんも引き返すだろうから家を目指して帰ろうとすると、なぜか春風さんが足を止めて俯いてしまっていることに気が付いた。

声をかけると春風さんは顔を上げ、少し言い辛そうにしながらも口を開く。

「明日も……部室に行ってもいいかしら……？」

それは、僕にとってとても予想外で意外な言葉だった。

最初に思ったのは、『どうして？』という言葉だ。

春風さんが文芸部の部室に顔を出すメリットがわからないし、むしろ彼女にとっては時間の無駄でしかない気がする。

何か彼女の目に止まる物があったかな？

う～ん、特に彼女が気に止めそうな物はなかったと思うけど……。

それに部室にいた時の春風さんはずっと僕と話していて周りに視線を向けている様子もなかったから、やっぱり部室の中に何か気になる物があったというわけではない気がする。

となると、本当にどういうつもりなのだろう？

それは気になってしまうけど、部員でもない子を何日も部室に入り浸らせると神代先生に怒られてしまうんだよね。

だから正直いいよとは言い辛い。

でも、春風さんも冗談とかふざけて言ってきてるわけではないんだよね……。

「だめ、かしら……？」

春風さんは落ち着きなく両手を擦らせながら、不安そうに僕の顔を見上げてそう聞いてきた。

全身ソワソワとさせているし、僕に断られたらどうしようと不安に思っているのが伝わってくる。

こんなふうにしている女の子のお願いを断ると僕が酷い人みたいになりそうだ。

そして何より、春風さんのことをもっと知りたいと思っている僕がいた。

それは学校で有名な美少女が相手というよりも、持っていた冷たいイメージとは違う側面を目にしたからだろう。

そのせいで彼女のことをもっと知りたいと思ってしまっている。

春風さんが部室に来たいのは明日だけかもしれないけれど、もしかしたらこれから何度も訪れるつもりなのかもしれない。

これから彼女と一緒にいる時間が増えれば彼女のことをもっと知れるはずだ。

逆に言うと、今この場で別れてしまえばもう彼女のことを知るチャンスは訪れないと思う。

――うん、そう考えると僕が出せる答えは一つしかないね。

「いいよ」

「ほ、本当にいいの……？」

「うん、本当だよ」

僕が頷くと春風さんはとても嬉しそうに笑みを浮かべる。

その笑みが僕の中で一瞬あるキャラに重なってしまった。

だけど僕は慌てて頭を振ってイメージを吹き飛ばし、現実と重なりそうになった妄想を頭から吹き飛ばす。

「どうしたの？」

当然いきなり頭を振ったりしたら春風さんに訝しげられる。

きっと僕のことが変人に見えたことだろう。

「うぅん、なんでもないよ」

「そう？　だったら、本当に明日も部室に行っていいのね？」

「うん、問題はないよ」

神代先生は去年の三年生が卒業してから中々部室を訪れなくなっているし、問題ないと思う。

特に最近だと僕は書いた小説をＷＥＢ小説サイトに載せているため、僕が見せに行かなくても空き時間にチェックをしてくれているらしいから、時間に縛られることもない。

もしそれでも春風さんが見つかってしまったら、その時は小説作りを手伝ってもらっていたと言えば一回くらいは見逃してくれるだろう。

……多分。

あの神代先生が一回でも大目に見てくれるかと考えると自信がなくなってきたけど、春風さんは喜んでくれているみたいだし、僕の判断は間違ってないと思った。

——次の、春風さんの言葉を聞くまでは。

「よかった、今までは趣味のお話ができる女の子がいなかったのだけど、これからは笹川さんとできる」

「うん？」

「あれ、なんで首を傾げるのかしら？　笹川さん、私のイラストに凄く興味を持ってくれてたわよね？　女の子は内心では興味津々のくせに、公にしたくないのか取り繕う子が多いから迂闊にお話ができなかったんだけど、笹川さんは興味があることがわかったからもう遠慮はいらないと思うのだけど？」

「うぅん？」

あれ、なんだろ？

なんだか物凄い食い違いがあるというか、春風さんの言葉には違和感がある。

後、勝手にエロイラストに興味津々だと捏造されているんだけど、この子は自分に都合よく取りすぎじゃないかな？

　とはいえ、今はこの違和感がなんなのかを突き止めたい。

「えっと、さっきからどうして首を傾げてるのかしら？」

「いや、ね？　なんだか違和感を覚えていて……」

「違和感？」

「うん、なんだかおかしいというか……女の子に話し相手がいなかったというのはわかったけど、どうしてそこから僕が話し相手ってなるのかな？　女の子じゃなくていいんだったら、僕じゃなくてもいいよね？」

「えっ……？」

　僕が違和感を覚えた部分に関して尋ねると、春風さんは『この人何言ってるの？』みたいな感じの戸惑いの表情を向けてきた。

　あれ、これはもしかしなくても……？

「あの、僕って男だからさ、僕に話すくらいなら他の男子でもよかったんじゃないかなって思ったんだけど？」

「男の子、笹川さんが……？」

　僕がもう少し細かく指摘をすると、驚愕と困惑が入り混じった表情を浮かべて春風さんが僕の顔を見つめてきた。

　その様子からは僕が男子だったということに気が付いてなかったように見える。

うん、おかしくないかな？

だって僕思いっ切り男子の制服を着ているんだよ？

これでどうして僕は男子じゃないと思われていたんだ？

「嘘でしょ……？　いや、でも……確かに笹川さんのことを他の子に聞いた時、『かわいい女の子なのに男装してる変わった子』って伝えたら中々答えが返ってこなくて、その後何かに気が付いたように笹川さんの名前が出てきてたわ……」

この子はなんて聞き方を他の子にしてたんだ。

そりゃあ男装をしている女の子なんていないんだから答えが返ってくるはずがないよ。

むしろそこで後からでも僕の名前が出てきたことが少し納得いかない。

「嘘……そしたら私、男の子相手にあんな話をたくさん……!?」

一人自問自答をしていた春風さんは、何かに気が付いてしまったかのように両手で口を押さえる。

そしてみるみるうちに顔を赤くし、涙目で僕の顔を見上げてきた。

もしかしなくても、『あんな話を』と言っていることから部室でしてしまったエロ話を思い出しているんだろう。

それだったら顔を真っ赤にしているのもわかる。

それほどまでに中々凄い話だったからね。

ましてや僕はほとんど話さずに春風さんがずっと語り続けていたわけだし、当の本人としては恥ずかしくてしかたないはずだ。

「〜〜〜〜っ！」

「あっ、ちょっと春風さん!?」

顔を真っ赤にしている春風さんのことを見つめていると、彼女は突然走り出してしまった。

僕の声は届いているのか届いていないのかわからないけど、春風さんはこちらを振り向くこともなく曲がり角へと姿を消す。

恥ずかしさに耐えられなくなって逃げたってことでいいのかな……？

まぁ気持ちはわからないでもないし、春風さんがどうして部室内で男子である僕に色々と語ってきたかという理由もわかった。

先ほどの様子を見るにもう関わることはないかもしれないけど、全て疑問のままで終わるよりはよかったと思う。

ただ、なんでだろう？

少し残念だと思っている自分がいるのは――。

…………それはそうと、何かを忘れてないかな？

とても大切だった物を忘れている気がする。

いったいなんだったか――あぁ！
メ、メモ帳！
メモ帳のことを忘れていた！

僕が持っていたのは春風さんのメモ帳だったわけで、だったら僕のメモ帳はどこにいったのかという話になる。

一番可能性が高いのは、あの場にいた春風さんだ。

僕が間違えて彼女のメモ帳を持っていたということは、代わりに残されたメモ帳のほうを春風さんが持っている可能性が高い。

その事実に気が付いた途端僕の全身から血の気が引く。

そして大量の冷や汗が流れてきた。

まずい、よりにもよって一番渡ってはいけない人の手に僕のメモ帳は渡ってしまったかもしれない。

なんせあのメモ帳には僕が書いた小説——クール美少女として有名な春風さんを、メインヒロインのモデルにした小説が載っているのだから……。

春風さん自身のことは冷たくて素っ気ない印象が強く、正直苦手なイメージがあったのだけど、逆にあの子がもしデレるような性格をしていれば絶対にかわいいと思っていた。

だから彼女が主人公にだけはデレる所謂クーデレとなったヒロインとして僕の小説に出していたんだ。

もしそれが春風さんに読まれでもすれば——。

あまりの絶望に、僕は目の前が真っ暗になってしまった。

第二章　ラッキースケベとちょろい彼女

次の日の放課後――僕のクラスは、突然ざわめき始めた。

というのも、全員にとってとても意外な人物がクラスに姿を見せたからだ。

「笹川さ――いえ、笹川君はいるかしら？」

僕の名前を呼んだ女の子――それは、昨日顔を真っ赤にして逃げた春風さんだった。

さすがにこの展開には僕も驚きを隠せない。

そして他者を寄せ付けないことで知られる彼女がわざわざ別のクラスにまで来て僕を呼んだことで、クラスにいる全員の視線が僕へと集まっている。

「笹川君、春風さんが呼んでるけど知り合いだったの？」

「あっ、うん……」

昨日図書室で話し掛けられた子に声をかけられ、僕は戸惑いながらも頷く。

するとクラス内では、『そういえば、昨日春風さんと手を繋いで歩いてた女子みたいな男子って……』という言葉がそこら中で飛び交っていた。

どうやら昨日の一件は既に僕のクラスにも知れ渡っていたらしい。

思わぬ形で有名人になってしまいそうな勢いだ。

「な、なんでもないから気にしないで……！」

とりあえずこのまま教室にいても変な視線を向けられるだけなので、僕はみんなになんでもないことを告げて春風さんのもとを目指す。

——まぁ、なんでもないと否定したところでみんなが納得してくれるはずがないのだけど。

歩いていると背中側からヒソヒソといろんな声が聞こえてきて、いったい何を言われているのかと想像をすると僕は少しだけ気が重くなった。

だけど気にしても仕方がないので、とりあえず何か用事がありそうな春風さんのもとへと急いだ。

まさか、昨日の今日で僕のところに来るとは思わなかったけどね。

それに正直、メモ帳のこともあるから今春風さんと顔を合わせるのはきつい。

もしかして春風さんはそれがあってわざわざ僕の教室に文句を言いに来たのかな……？

と、とりあえず聞いてみないことにはわからないよね。

春風さんに動揺を悟られないようにしながら聞いてみよう。

「どうかしたの？」

「どうかしたって……部室、行かないの？」

「えっ？　あっ——もしかして昨日の約束？」

コクン——。

僕の質問に対して春風さんは恥ずかしそうにしながらも少し大きめに頷いた。

どうやら僕の心配は取り越し苦労だったようだ。

春風さんの目的はまた別らしい。

昨日逃げるくらい恥ずかしい思いをしていたはずなのに、まさか部室に行くと言うとは思わなかった。

確かその約束は、春風さんが僕のことを女の子だと思っていたからこそ言ってきたことのはずなのにね。

僕としては昨日と同じように春風さんのことを知れる機会なので、これは願ってもないことだ。

それにメモ帳のことも聞いておかないといけない。

この様子なら少なくとも中身は見られていないと思う。

でも、このままここで話していると悪目立ちするだけなので、部室で話したほうがいい。

メモ帳のことをこの場で話すわけにはいかないし、春風さんがどうしてまだ部室に来たがったのかは部室で聞けばいいからね。

「ごめん、鞄取ってくるから少しだけ待っててくれるかな？」

「うん、待ってる」

やっぱり素っ気ないな、そう思ったけど言葉にはしない。

みんながいるところではこの態度がデフォだとわかっているからだ。

僕はみんなから集まる視線を横目に、急いで教科書やノートを鞄に入れて春風さんのもとに戻った。

それから僕たち二人は連なって文芸部の部室へと向かう。

すれ違う人たちからは春風さんと一緒に歩いているせいで注目を浴びてしまうけど、春風さんはいつもこんな中で生活をしているのか。

そりゃあ周りを冷たく突き放したくなるのも仕方ないかもしれない。

僕も少し似たような経験をしてきたから周りから注目を浴びるのがよくないことを知ってる。

とはいえ、春風さんの場合は僕の比ではないのだけど。

毎日いったいどれだけの苦労をしてるのかな……。

少しだけ、隣を歩く華奢な女の子のことが心配になった。

春風さんは僕が彼女のことを考えていることに気が付いていないのか、ずっと無言で隣を歩いている。

正直こんなふうに隣を歩かれると居心地が悪い。

だけど、気まずい雰囲気は部室内に入るとすぐになくなった。

なんせ、春風さんの態度が昨日同様に急変したからだ。

春風さんは部室に入ると昨日と同じように空き椅子を僕の椅子の横に並べた。

そしてチラッと僕に視線を向けてきた後、何かを取り出そうとしているのか鞄の中を探り始める。

何をしてるのかな、と思いつついつもの席に座ると、『あった……！』と春風さんが嬉しそうな声を出した。

いったい何を取り出したのか――そう思って視線を向けると、僕は思わず絶句してしまう。

「これ、見てもらおうと思って持ってきた」

そう言って春風さんが僕に見せてきたのは、まさかのペンタブレットだった。

何を学校に持って来てるんだ、この子は。

当然ペンタブレットのような勉強に全く関係がない物なんて学校に持ってきていいわけがなく、校則でも禁じられているので先生に見つかれば即没収されるレベルの物だ。

まさか学校に持ってきたら駄目だってことを知らなかった？

――いやいや、そんなわけあるか。

普通に考えて持ってきたら駄目なんてこと子供でもわかる。

それなのにどうして学校にペンタブレットを持ってきてるんだ。

「あの、なんでペンタブレットを持ってきたの……？」

「昨日見てもらってたのってメモ帳に描いてたから色とか塗ってなかったでしょ？　それにそもそもラフだったから、ちゃんと仕上げた物を見て欲しかったの」

春風さんはそう言うと、ペンタブレットの画面をスクロールしてイラストを見せてくる。

それは、昨日見た物に色が付いたのではなく、初めて見るイラストだったことから過去絵のようだ。

だけど、彼女が見せたかったという気持ちがわかるほどに仕上げられたイラストは凄い。

昨日の下書きとも言えるイラストのラフでも凄かったけど、色が付き、光沢や影がついたものは本当に絵なのかと思うほどに立体感があって見入ってしまった。

後、エロさも段違いに増している。

この子、僕が男だとわかって投げやりになっているというか、吹っ切れてしまったんだね。

もう知られているものは仕方ないという思い切りの良さが窺えた。

「凄いね……プロのイラストレーターさんみたいだ……」

「ふふ」

語彙のない褒め言葉だったけど、自然に出た言葉に対して春風さんは昨日のように細かく聞いてくるのではなく、とても嬉しそうに笑みを浮かべて僕の顔を見てきた。

やっぱり春風さんは美少女だと思わされるくらいに綺麗で素敵な笑顔だ。

「春風さんは本当にこういうイラストが好きなんだね」

「むっ、それは心外」

「えっ？」

「私が好きなのはえっちなイラストを描くことじゃなくて、それを描いてチヤホヤしてもらうことなの」

うん、この子は何を言っているのかな？

あれだけ昨日熱く語っておいて、どの口が言っているのか凄く問いただしたい。

ましてやチヤホヤしてもらうことって、この子はエロイラストに興味津々というのを誰にも言えなかったんじゃないのかな？

口から出まかせを言っているとしたらちょっと雑過ぎると思うよ。

「あっ、何その疑った目は？　本当のことよ？」

「そっかぁ」

「うっ、信じてないのがありありと伝わってくる」

春風さんの言葉を笑顔で流すと、とても物言いたげな目を向けられてしまった。

ジト目というのはこういうのを言うんだと思う。

「ちゃんと信じてるよ」

春風さんが趣味全開でエロイラストを描いているんだってことをね。

――さすがに、最後の言葉はちゃんと呑み込んだけど。

そんなことを言ってしまったら春風さんが悲しんでしまうだろうからね。

まぁそれはそうと、描かれているイラストは全部エロイラストなんだけど……。

さすがに普通のイラストもあるよね、と思って見ていただけにこれは驚きを隠せない。

SNSで見かけるエロイラストをメインに描くイラストレーターさんたちでさえ、普通のかわいい女の子を描いたりもするのに、この子の徹底ぶりはいったいなんなのだろう？

聞いてもいいのかな？

でも、聞くことによって気にするかもしれないし……。

僕はチラッと春風さんの顔を盗み見る。

すると春風さんがジッと僕の顔を見つめていて、思いがけず視線が重なってしまう。

　だけど春風さんは僕から視線を逸らすことはなく、ジッと見つめられて照れ臭くなった僕のほうが視線を逸らした。

　このことからわかるように、昨日見せた恥ずかしいという感情は既に春風さんの中にはないようで、これなら聞いてみても問題はない気がする。

「えっと、どうして春風さんはエ――こういうイラストばかり描いてるの？」

　ちょっと直接的な表現は恥ずかしかったので言い直した。

「えっちなイラストしか描けないから」

「えっ？　そんなはずは……だって、こんなにも女の子たちをかわいく描けてるんだよ？」

　エロイラストはどれも女の子がかわいく体のバランスもいい。

　これで普通のイラストが描けないなんて到底思えなかった。

「エロが関わってないとうまく想像ができないの。想像することができなければ描けないし、何より普通のイラストだとモチベーションが上がらない」

「そ、そんなことがあるの？」

「うん、ある。だから私はＳＮＳでもアマのエロイラストレーターとして活動をしてる」

　そう言って春風さんが見せてきたのは、フォロワー六万人と書かれたアカウントだった。

　その事実に僕は驚きを隠せない。

「六万人⁉　プロのイラストレーターさんじゃないか！」

「商業で活動してないからプロじゃない」

「あっ、うん」

驚いて大声を出した僕に対して春風さんの冷静なツッコミが入ってきて、僕はコクリと頷くしかなかった。

だけど——違う、そうじゃない。

そうじゃないんだよ、春風さん。

僕が言いたかったのはフォロワー六万人という数にある。

その数字はもうプロのイラストレーターさんと遜色ない数字なのだ。

むしろ人によっては勝っていたりもする。

まさかこんなすぐ傍に大人気イラストレーターさんがいたなんて思いもしなかった。

……ただ、エロイラストのみだから完全ノーマークで初めて聞いた名前なんだけどね。

春風さんのアカウントには『すず』という名前が書かれている。

僕は結構イラストレーターさんが描かれたイラストをSNSでチェックしているんだけど、この名前には聞き覚えがなかった。

だけどそれは、SNSにたくさんのイラストレーターさんがいるから僕が網羅できていないだけで、このフォロワー数なら普通に人気イラストレーターさんだ。

試しに春風さんが載せているイラストへのコメントを見てみると、みんなキャラがかわいいとか、シチュエーションがいいと褒めるコメントばかりだった。

まぁ中にはド変態な発言もあるけどそこはスルーする。

もしかして春風さんが言うモチベーションとは、エロイラストを上げるとチヤホヤされるからモチベーションになるということなのかな？

でも、普通のかわいいイラストでもチヤホヤされるとは思うけどね……。

「春風さんはこういう感想が欲しくてイラストを描いてるの？」

「うん、そう。これが私の生きがい」

春風さんは僕の質問に対して戸惑う様子も見せずコクリと頷く。

凄く正直な子だ。

もう少し取り繕ってもいい気はするけど、素直なところは彼女の魅力だと思う。

まぁ自分の欲望に素直すぎるような気もするけどね。

だけど、彼女は昨日僕にエロイラストを描いていることがバレた時に泣き崩れていた。

それは自分がしていることが他者に受け入れてもらえないとわかっているということだ。

そんな彼女に僕が何を言える。

ましてや否定なんてできるわけがない。

それに、僕は昨日彼女のことを肯定してしまっている。

それなのに彼女にエロイラストを描くのはよくないなんて言えるはずがないよね。

「………やっぱり、君は理解してくれるんだね」

僕が黙り込んでいると、春風さんは優しい笑みを浮かべて何かを呟いた。

いったい何を呟いたのかは気になったけど、聞こうとする前に春風さんが急にペンタブレットを使ってイラストを描き始めたため、それどころじゃなくなった。

なんでこの子はシレッと僕の隣でエロイラストを描きだしてるのかな？

そして僕はそんな彼女をどんな表情をして見ればいいんだ。

いきなりとんでもない行動に出始めた春風さんを見て、僕は困惑を隠せなかった。

でも、春風さんは凄く嬉しそうに描いているんだよね。

こんな表情をされたら止めることなんてできないじゃないか。

………仕方ない、小説を書こう。

嬉しそうにする春風さんの邪魔をすることに抵抗を覚えた僕は、気を紛らわせるために小説を書くことにした。

とはいっても、僕のメモ帳は未だ手元にないのだけど。

探してみたところやっぱり鞄の中や自分の机の中にはなかった。

となると僕がどこかにしまったという可能性はなく、落としたという線が濃厚になる。

そして拾った確率が高いのは、どう考えても春風さんだった。

結局、邪魔する形になってしまうね。

「あの、お楽しみのところ悪いんだけど――」

「ちょっと言い方が気になる」

「あっ、ごめん。えっと、イラストを描いているところ悪いんだけど、その……昨日メモ帳を拾ったりしなかった？」

「これよね？　私のメモ帳を持って行ったからこれが君のなんだってわかって中身は見てないから安心して」

そう言って春風さんが見せてきたのは、見慣れたほんのりと汚れたメモ帳だった。

長めに使っていたことで汚れが誤魔化せなくなっている僕のメモ帳に間違いない。

よかった、中身は見られていないんだ。

もし中身が見られていたら春風さんと顔を合わすことなんてできなかった。

「あ、ありがとう。でも、気が付いてたなら昨日返して欲しかったな」

「……イラストを褒めてもらったのが嬉しくて、メモ帳のこと忘れてた」

春風さんはそう言いながらプイッとソッポを向いてしまった。

見える横顔や耳はほんのりと赤く染まっており、どうやら照れているみたいだ。

どうしよう、凄くかわいいと思ってしまった。

まぁそれはそうと、僕なんて春風さんと別れるまで自分のメモ帳の存在を忘れていたのに、春風さんのことを言えるはずがない。

「そうなんだ、でもありがとう」

「うん」

僕は春風さんからメモ帳を受け取るために手を差し出し、こちらを向いた春風さんも僕の手にメモ帳を置こうとする。

しかし――。

「――それで、このメモ帳には何が書かれてるのかしら？」

春風さんは、僕の手にメモ帳が渡る寸前にヒョイッと自分のほうへとメモ帳を戻してしまった。

「……見なかったのに、中身については聞いてくるの？」

「勝手に見たら失礼でしょ？　でも、君の口から聞くのは問題ない」

どうやら真面目なところは今まで持っていた印象通りらしい。

だけど、好奇心は隠せないみたいだ。

いや、うん。

こういった他人の秘密が気になる気持ちはわかるんだけど、正直凄く困るよ。

「見逃してもらえないでしょうか？」

「普段なら聞かないけど、君は私の秘密を知ったわよね？　だったら私も君の秘密を知らないと不公平じゃない？」

あっ、この子……中身を見てなくても、このメモ帳に僕が知られたくない秘密があると目星をつけている。

しかも、自分の秘密を僕に知られたことで僕の秘密を握らないと気が済まないみたいだ。

春風さんの目からは話すまでメモ帳は返さないという意思が見て取れた。

まぁそれと、これは自分の秘密を他者に話されないようにする防衛的な意味もありそうだ。

自分の秘密が握られている以上彼女は絶対にここで退かないだろう。

この状況を乗り切るには一つしかない。

「小説が書いてあるんだよ」

僕はあえて小説を書いていることを隠さず、素直に打ち明けた。

だけど、これ以上は何も言わない。

春風さんをモデルに小説を書いてることは絶対に隠さないといけないことであり、僕の読みが間違ってなければ春風さんの興味はここで消えるはずだからだ。

「なんだ、小説かぁ。文芸部だったら当たり前のことね」

案の定春風さんは残念そうに息を吐くと、僕の手にメモ帳を置いた後自分のペンタブレットへと視線を落とした。

よかった、狙い通り春風さんの興味はメモ帳から消えたようだ。

春風さんは僕の秘密を握りたかっただけで、メモ帳の中身は然程気にしていなかった。

だから中身がわかり、自分が期待していたような秘密ではなかったことから興味が失せたんだろう。

もちろんここで何を書いているのかと聞かれたとしても、僕はラブコメと言って誤魔化すつもりでいた。

知り合いにラブコメを書いていることがバレると結構メンタル的にダメージを負うけど、それでも春風さんに本人をモチーフにした作品を書いていると知られるよりはマシになる。

まぁ春風さんは興味をなくしてるみたいだし、もう気にしなくていいだろう。

さて、僕は予定通り小説の続きを書こうか。

——油断というのは本当によくなくて、特に人が油断をするのは何かに安心をした時だ。

安心をすれば気が抜け、そして今まで警戒していたことに疎くなってしまう。

おわかりだろうか？

僕がこの時点でやらかしてしまっていることを。

あれ……？

どうして僕は今、普通にＷＥＢ小説サイトの自分のページを開いたんだ？

これ、春風さんに見られたらアウトなんじゃ……？

僕は自分が無意識にやらかしたことを自覚し、呆然としてしまった。

ここでページをすぐに閉じればまだどうにかなったかもしれないのに、どうしてか僕はページを閉じるよりも先に春風さんの顔色を窺ってしまう。

そして運が悪いことに、丁度春風さんは顔を上げてディスプレイに視線を移してしまった。

「あっ、このサイト私も使ってるわよ？　まぁ私の場合は小説を書くんじゃなく読み専なんだけどね」

僕が使っている小説サイトは書くだけの人もいれば、読むだけの人もいる。

ただ、小説といってもラノベ系がほとんどだから春風さんが読んでいるのは意外だった。

でもよく考えてみると、エロイラストを描くような子だ。

ラノベを読んでいても全然不思議じゃない。

しかし、今気にしないといけないのはそんなことじゃなかった。

「そっか、笹川君はこのサイトを使って――って、えっ⁉」

自分と同じ小説サイトを使っているのが嬉しかったのか、春風さんは楽しそうに話し始めたのだけど、すぐに何かに気が付いたかのように驚いた声を出した。

そしてそれは、まず間違いなく僕が開いている小説のタイトルを見て出た声だった。

「『銀髪クーデレ美少女は今日もかわいい』って……」

春風さんはよほど驚きなのか、わざわざタイトル名を口に出して読んでいた。

これはタイトルの名前自体に戸惑っているのか、それとも銀髪美少女という言葉から自分に関連していることにうすうす気が付いているのか――もしくは、こんなタイトルの作品を書いている僕のことをドン引きしているのか……いったいどれなんだ。

できれば最初のやつであってほしい。

後の二つは絶望しか残されてないからだ。

「こ、これはあれだよ……！　前も言ったけど僕は銀髪のキャラが好きで、ちょっと書いてみようと思っただけなんだ……！」

とりあえず僕は急いでページを閉じながら誤魔化してみる。

もう手遅れ感は否めないけど、万が一にも話に飛ばれることは避けないといけないのと、あわよくば春風さんが僕の言葉を鵜呑みにしてくれるといいなと思った行動だ。

まぁでも、そう簡単に鵜呑みにしてくれる子なんてそうそういないだろうけど。

――しかし、僕の思ったこととは裏腹に春風さんは『ふーん』と呟いただけでそれから何かを言ってくることはなかった。

黙々とペンダブレットにイラストを描き、僕の小説のタイトルに興味を示した素振りは一切ない。

黙り込まれると逆に不安になってくるけれど、怒られたり冷たい言葉を浴びせられるよりはいいと思う。

ただ気になるのは、時折春風さんがチラチラと僕の顔を見上げてきていることだ。

これは本当に気にしていないのかな？

でも何かを言ってくる様子はないし……うん、気にしていないということにしておこう。

僕はこの状況を自分に都合よく解釈することにした。

そうしないと絶望的なことになりそうだったからだ。

――それから一時間ほど、春風さんは黙ってイラストを描き続けていた。

その間僕は何をしていたかというと、まさか同じ失敗をするはずもなく鞄からラノベを取り出して読んでいた。

文芸部なのに小説を書かなくていいのかという気持ちはあるけれど、春風さんの隣で先ほどの小説を書く勇気はない。

そんなの最早自殺行為だからね。

しかし、僕が何もしなくても問題は起きるらしい。

それが何かと言うと、エロイラストを描いていた春風さんが急にスカートを捲り上げ始めたことだ。

「なっ、何をしてるの!?」

色白で染み一つない綺麗な太ももがほとんど見え、際どい部分まで見えそうなほどに春風さんがスカートを捲り上げたので僕は慌てて目を逸らして声を出す。

「何って、モデルがあるほうがイラストは描きやすいでしょ？」

春風さんはこの状況をなんとも思っていないようで、至って冷静な声で僕の質問に答えた。

昨日恥ずかしさで逃げた女の子とは思えないくらいの落ち着きようだ。

「だ、だからってここでやるものじゃないでしょ!?」

「何を言ってるの？　今描いてるのだから今見るのは当たり前じゃない」

「男の僕が隣にいるんだよ!?　襲われるかもしれないとか考えないの!?」

「あっ……」

僕が注意をすると、春風さんは口に右手を当てて何かに気付いた様子を見せる。

なんだ、その『あっ……』は。

まさかこの子……。

春風さんは途端に顔を真っ赤にし、ブンッと勢いよく僕から顔を逸らしてしまった。

こちらから見える耳は真っ赤に染まっていることから、恥ずかしさに耐えられなくて顔を逸らしたようだ。

そんな彼女が口にしたのは――

「いつの間にか、女友達だと勘違いしてた……」

――昨日同様、僕のことを女の子だと勘違いしていたという言葉だった。

昨日はまだしも、今日はもう僕が男だと知っていたはず。

それなのに勘違いするなんてどうなのかと問い詰めたい気持ちだ。

だけど今の春風さんは羞恥心に悶えてしまっているようで、体を両手で抱き締めてモジモジとしている。

ここで何かを言ってしまえば追い打ちをかける形になるかもしれない。

さすがにそれは可哀想だと思い、僕は言葉を呑み込むしかなかった。

でも、一つだけ言わせてほしい。

僕ってそんなに女の子っぽいの……？

男だと理解してもらった後にも女の子と間違われた僕は、男として見られないことに少しの間落ち込んでしまうのだった。

――その日は結局何事もなく一日は終わり、やっぱり分かれ道までは春風さんも付いてきたのだけどそれだけだった。

しかし、春風さんの態度には次の日から変化があった。

休み時間の度に僕の教室に顔を出し、昼休みには一緒にお昼を食べようと誘ってきたのだ。

それにより教室内は騒然。

だけど春風さんは気にした様子がなかった。

そして放課後も当たり前のように僕のことを呼びに来て、文芸部の部室に移動しては黙々とエロイラストを描く。

その間にほとんど会話はなかったのだけど、春風さんは時折チラチラと僕の顔を盗み見てきていた。

いったい彼女が何を考えているのか、それは全くわからないのだけど、そんな感じの日々が数日続いたある日のこと——。

「——えっと、春風さんはラノベだと何が好き？」

ついに沈黙やチラチラと見られることに耐えられなくなった僕は、雰囲気を変えるために彼女が喰いつきそうな話題を振ってみた。

本当はエロイラストの話題のほうが凄く喰いつきそうだったけど、僕が話に付いていけないのでイラスト自体の話題を避けた。

普通のイラストの話をしていても平気でエロ話をぶち込んできそうだからね、この子は。

「ん？　好きなのって言われるとありすぎて迷う」

狙い通り春風さんはラノベの話題に喰いついた。

WEB小説サイトで読み専をしてるからそうなんじゃないかなと思ったけど、やっぱり彼女はラノベが好きらしい。

春風さんはペンを机の上に置き、口元に右手の人差し指を添えながらかわいらしく小首を傾げて考え始める。

確かにラノベはいい作品が多くてどれが好きだと聞かれると凄く迷うと思う。

でも、僕にはこれだって推せる作品が一つだけあった。

誰かに聞かれたら絶対に僕はその作品の名前を答えるだろう。

それは――。

「――やっぱり、『よくきた実力教室へ』かしら」

何げなく発せられた言葉。

だけどその言葉を聞き、僕は思わず息を呑んだ。

「『よく実』、好きなの？」

「うん、一番好きだと思う。生徒同士の駆け引きとか凄く面白いし、主人公の暗躍なんて凄くかっこいい」

「そ、そうなんだ……！　僕も『よく実』が一番好きだよ……！」

「そうなの……!?」

同士を見つけた、そんな感じの目でお互いを見る僕たち。

ここ数日おとなしかったけど、春風さんは僕も『よく実』が一番好きだと聞いてテンションが上がったようだ。

そして僕も今は少しだけテンションが上がっている。

学校で『よく実』について話せるような友達が今までいなかったから、話せる子を見つけて嬉しいといった感じだ。

「春風さんは何巻が好き？」

「七巻」

「おぉ、やっぱり七巻が一番いいよね」

「うんうん、今までで主人公が一番かっこよかった巻だと思う」

七巻は主人公の更なる実力が発揮された巻だ。

学校にいるほとんどの人間に知られない状況を作り上げ、他クラスのリーダーとの直接対決をした巻であり、尊いヒロインが生まれた巻でもある。

あの巻ほどの衝撃は未だに他では感じたことがない。

僕たちはそれから『よく実』の話題でかなり盛り上がった。

どうやら僕と春風さんの感性は似ているらしく、好きなシーンどころか好きなキャラも同じだった。

大人気となっているキャラが多い『よく実』の中で二人とも一番の推しキャラが一致するなんて珍しい。

そのおかげで会話が弾んだというのもあると思う。

結局その日は下校時間を知らせるチャイムが鳴るまで、僕たちは『よく実』に関して語り合った。

春風さんも今まで語り合えるような友達がおらず、こういうふうに語り合えて嬉しかったらしい。

今日一日で僕たちの距離はグンッと縮まった気がする。

それと同時に、『よく実』について一生懸命話す春風さんは年相応のかわいらしい女の子に見えて、不思議と僕の胸は高鳴ってしまった。

その日から僕たちは自分の好きなラノベについて語り合うようになった。

朝は一緒に登校し、昼は二人で中庭にあるベンチでお弁当を食べ、放課後は文芸部の部室でお互いの活動に励む。

そんな中で僕たちの話の中心になっていたのはいつもラノベだった。

本当にここまで好みが合うのかってくらいに春風さんが好きな作品は僕も好きで、僕が好きな作品は春風さんも好きだと答えていた。

おかげで話題には困らないどころか話すのがとても楽しい。

だからだろう、彼女が初めて部室に来た時は凄く気まずかったはずなのに、今は朝通学路で待たれていたりお昼休みに呼びに来られたりしても気にしなくなったのは。

もちろん最初は通学路で僕たちの分かれ道になっている場所で待たれていたり、お昼休みに一緒にお弁当を食べようと誘ってきたことには驚いたし、同じ学校の生徒から凄い視線を受けていたので戸惑っていた。

だけど今では春風さんと一緒にいることが当たり前になりつつある。

……まぁだからといって、嫉妬で感情が覆われた人たちの憎しみにも近い目には慣れないのだけどね。

ただそれでも、春風さんと一緒にいればその視線もあまり気にならなくなっていた。

一つ彼女と一緒にいて困ることと言えば、エロイラストが完成すると嬉しそうに僕に見せてくることだ。

更にそれだけでは終わらず、感想も根掘り葉掘り求められる。

酷い時なんてシチュエーションに関してまで意見を求められたこともあるくらいだ。

……それとあれだね。

彼女はエロイラストを描くために結構自分の体を参考にしているらしく、時折自分の服装をわざと着崩して写真に撮ったりすることがある。

まぁさすがに、前にスカートをめくったことに対して注意したからかあの時以来は僕がいる時はしないようになったのだけど、僕がちょっと用事があって部室から出ているとそのタイミングを狙って自撮りをしているのだ。

本人曰く、折角学校にいるのだから学校でも資料がほしいとのこと。

要は学校の机や椅子が映った状態で淫らな写真を撮りたいということなのだろう。

本当になんというか、いろんな意味で凄い子だ。

さて、どうしてその場にいないはずの僕がこんなことを知っているのか。

それは、僕が戻って来たタイミングで丁度春風さんがそんな写真を撮っていることが度々あったからだ。

思い返すこと、彼女と打ち解けてから数日が経った頃――。

「ごめん、春風さん。待たせちゃ――」

先生に頼まれた用事をしていて遅れた僕は、部室のドアを開けると思わず黙り込んでしまう。

そして目の前に広がる驚きの光景で脳がフリーズしてしまった。

僕の前に広がる光景――それは、純白の綺麗な肌を晒す春風さんが、下着姿で自分の大切な部分を机の角に当てている光景だった。

なぜか右手は上に伸ばしていて、スマホを掴んでいる。

いったい彼女はここで何をしていたのか。

「な、ななな……！」

春風さんは既にこちらを向いており、言葉にならない声を出して体を震えさせている。

純白だった肌は真っ赤なものへと変わり、彼女の感情を全身で表現しているようだった。

そして彼女は、唐突に僕に向かって走ってくる。

いったい彼女が何を考えたのかわからないけど、僕は突っ込んできた彼女によって押し倒されてしまった。

「いたっ……！」

「ち、違うの！　これは違うの！」

床に押し倒された僕が痛みに対して声をあげると、混乱をしてしまっているのか目に涙を浮かべた春風さんが必死に顔を横に振る。

彼女は僕に覆いかぶさるような体勢になっているのだけど、ピンク色のかわいらしいブラとほとんど膨らみのない胸が僕の目の前に来ていることに気が付いていないようだ。

「いや、あの、えっと……」

血相を変えた春風さんの必死な様子と、下着姿一枚の美少女に押し倒されているシチュエーション。

何より、汗によって匂いが強くなった、男の興奮を掻き立てるような女の子特有のいい匂いによって僕は頭が回らなかった。

「これはね、資料にしようとしただけなの！　決して私が自慰をしていたわけじゃないから！」

春風さんは本当にパニックになっているようで、いつものクールさなどかけらもなく、そして女の子が言っていいような言葉ではないことを言ってきた。

「わ、わかったから！　わかったからとりあえずどいて――」

「――んんっ！」

彼女からすぐに離れないといけない、咄嗟にそう思った僕は避けるようジェスチャーをするつもりで右手を上げたんだ。

しかし、僕の右手は春風さんの足の内側に入っており、上げた瞬間に女の子特有の柔らかい内ももに触れた後、それによって軌道が変えられ女の子の大切な部分を擦り上げてしまった。

それにより、春風さんの口からくぐもりながらも甲高い声が漏れたのだ。

自分がしてしまったやらかしを理解した瞬間、さぁっと僕の体から血の気が引く。

目の前には口を両手で押さえる春風さんが、顔を真っ赤にして僕の顔を見つめていた。

体はブルブルと震えており、目には涙がいっぱいに溜まっている。

「あ、あの、今のは……」

絶対に怒られる。

そう確信した僕は急いでわざとじゃないことを説明しようとする。

しかし、春風さんは僕が説明をする前にバッと離れてしまった。

そして、自身の服を掴んで体を隠しながら部屋の隅に座り込んでしまう。

「は、春風さん……？」

「ばか、ささがわくんのばか。えっち。へんたい」

おそるおそる声をかけてみると、春風さんに罵倒をされてしまった。

だけどその言い方はどこか子供っぽく、というか涙声のせいか拗ねた子供が怒っているような感じだった。

——その後はなんとか宥め、春風さんがしていたことを誰にも言わないということで僕のことはなんとか許してもらえた。

一応説明しておくと、彼女がしていたのは本当に自分の体をモデルにするためだけの写真撮影だったらしい。

それは彼女のスマホに残されていた写真たちが証明していた。


他にも印象が強いことと言えば、怪しいお店で仕入れたという大きなスライムを春風さんが持ち込んだ時が酷かった。


「――春風さん、見てほしい物って何？」

春風さんがいい物が手に入ったとお昼休みに話していた日の放課後、僕は嫌な予感がしながらも部室に入ると同時に彼女に声をかけてみた。

今日は掃除当番ということで春風さんに部室へ先に行ってもらったんだ。

「あっ、今入ってきちゃ――きゃぁ！」

部室に入ってコンマ数秒遅れて聞こえてきた声。

この声を聞いた瞬間僕は嫌な予感しかしなかった。

そして目の前に広がるのは、緑色のゼリー状の物体を全身に纏わせている下着姿の春風さん。

髪にまでもその物体が付いていることから、どうやら頭から被ってしまったようだ。

「な、何をしているの!?」

僕は春風さんのとんでもない姿に声をあげる。

下着姿にゼリー状の物体を身に着けている姿はまるでエロ漫画に出てくるスライムに犯され

る美少女のようで、正直かなり目のやり場に困るものだった。

「冷たい……！　取って……！」

しかし、春風さんは僕の声が聞こえていないのか、それともスライムらしき物を頭から被ってパニックになっているのか、下着姿一枚にもかかわらず僕に取るように言ってきた。

「自分で取りなよ!?」

「これじゃあタオル取れないもん……！　わっ、服の中にまで入ってきた！　早く取って！」

どうやら取ってというのはタオルのことだったらしい。

てっきり状況からして僕にスライムみたいな物を取れと言っているのかと思ってしまったけど、さすがに男相手にそんなことを頼むわけがないか。

僕は言われた通り慌てて春風さんの鞄からタオルを取り出す。

勝手に女の子の鞄をあさるのは問題があるけど、この場合は本人が言っているのだから問題ないだろう。

というか、服の中に入ってきたってことは、要は下着の中に入ってきたわけか。

「〜〜〜〜〜っ！」

僕は駄目な想像が頭に過ってしまい、顔が急激に熱くなった。

いや、元から春風さんの下着姿で熱くはなっているんだけど、今は沸騰しそうなくらいに熱くなっている。

「は、はいタオル」

僕は卑猥な想像をしてしまったことがバレないようにと、いらぬ疑いをかけられなくて済むように春風さんから視線を外しながらタオルを渡す。

すると布が擦れる音が聞こえてきたので春風さんはすぐに体を拭き始めたようなのだけど、少しして急に全身を高く跳ねさせたのが音と気配からわかった。

そしてなぜか息がとても荒くなっている。

いや、うん。

どうして自分で拭いてそうなるの!?

春風さんの様子から僕は頭の中でそう叫んでしまう。

だってこんなの、普通に考えてあれじゃないか。

自分で拭いて感じちゃっているじゃん。

こんなの普通におかしいよ。

その後も春風さんはスライムらしき物がなかなか取れないのか、タオルで頑張って体を拭いていた。

しかし、何度も体を大きく跳ねさせ、次第には声が我慢できなくなったのか彼女の色っぽい声が聞こえてくるようになった。

最早僕のことなんて気にしていないようにも思える。

逆に僕は、本当ならすぐに部屋を出なければいけなかっただろう。

だけど春風さんのせいで頭が混乱していたことと、何よりも今は諸事情で動けない状態になっていたので部屋の外に出られなかった。

どうにか意識を他のことに逸らそうとしても、彼女から聞こえてくる誘惑の声が僕の意識を離させてくれない。

しかし、さすがにこれは何かおかしいと僕は気が付いた。

そして視界に大きな買い物袋と、その中に何かを入れていたようなビニール袋とタオルが見えたので、試しにビニール袋を手に取ってみる。

すると、それにはスライムのことが表記されていて、春風さんが今身に纏わせているゼリー状の物体が入っていたもので間違いなかった。

そして説明文をよく読んでいくと、下のほうに小さくこう書かれていた。


『媚薬入り』と。


「何買ってんの!?」

どう考えてもアウトな物が書かれており、僕は思わずそう叫んでしまったものだ。

これについても後から説明を春風さんから受けたのだけど、スライムを実際に使った写真が欲しかったとのことで、大きなスライムを見つけて思わず買ってしまったそうだ。

その際に説明文はよく読んでいなかったらしい。

つまり、彼女は媚薬入りのスライムだと知らなかったというわけだ。

一応スライムをすぐ取れるという怪しいタオルも準備していて、春風さん的にはスライムを使って写真を撮ったらすぐに拭き取るつもりだったらしい。

だけど僕が入ってきたことで焦って手を滑らし、運悪くそれが頭からかかってしまい、パニックになってそのタオルのことは忘れていたようだ。

確かに、怪しいタオルはスライムの袋が入っていた買い物袋に入っていた。

でもね、春風さん。

家で試すわけにはいかなかったのかもしれないけど、学校でも試すのは駄目でしょ。

僕はそう口にしたかったけど、不可抗力とはいえ春風さんの卑猥な姿を堪能してしまった負い目があり、言葉にすることはできなかった。

まぁただ、今回のことに関しては事が事だったので、お互い記憶の奥底に封印しようということになった。

少なくとも、今後お互い口にするのはやめることになっている。

……うん、改めて思い返すと結構問題児だな、彼女は。

でも、それを差し引いても春風さんと一緒にいるのは楽しかった。

みんながいるところでは素っ気なくて冷たい態度は変わらないのだけど、二人きりになると途端にかわいらしい笑顔を見せてくれる。

正直それだけで僕の胸は高鳴っていた。

――だけど、春風さんは文芸部の部員じゃない。

そんな彼女が毎日のように放課後文芸部の部室に顔を出しているともなれば、ある問題が起きるのは必然だった。

コンコンコン――。

いつものように春風さんとラノベの話で盛り上がっていたある日、突然部室のドアが誰かの手によってノックをされた。

第三者が現れたということで春風さんの雰囲気は途端にクールなものになり、いったい誰が来たのかと言いたげな表情で部室のドアを見つめる。

しかし僕にはノックをした人物に心当たりがあり、慌てて小声で春風さんに声をかけた。

「春風さん、急いでペンタブレットをしまって」

「わかった」

春風さんは素直に僕の指示に従ってペンタブレットを鞄の中へとしまう。

ちゃんと自分が持ってきてはいけない物を持ってきているという自覚はあるらしい。

春風さんが素直に言うことを聞いてくれたことに安堵し、僕は部室のドアを開けに行った。

ドアを開けた先に立っていたのは、無表情で感情が読めない眼鏡美人。

文芸部の顧問である神代先生だ。

「部活動に励んでいますか、笹川君？」

目が合って開口一番、神代先生にしては珍しい質問をしてきた。

こんなこと入部して以来一度も聞かれたことがない。

なんだか嫌な予感がする。

「はい、頑張っています」

「そうですか、それは結構です。ところで――どうして、文芸部の部員ではない春風さんがここにいるのでしょうか？」

神代先生は冷たい目をして僕から視線を春風さんへと移す。

おそらくだけど、春風さんがここにいると知っていて神代先生は来たんだと思う。

それにこの様子、注意をしに来たということなんだろう。

今日たまたま来ていただけと言っても通じないはずだ。

最近だと春風さんがここに来ていることは結構噂になっているし、先生の耳にも届いていると考えるべきだと思う。

下手な言い訳は先生を完全に敵に回すことになるな。

僕はチラッと春風さんの目を見て、話を合わせてもらうようにアイコンタクトをとる。

すると僕の考えが通じたのか、春風さんはコクリと小さく頷いた。

それを見て安心し、僕はゆっくりと口を開く。

「彼女は部活動見学に来ているんです」

「部活動見学……そうなのですか？」

神代先生は僕ではなく春風さんに尋ねる。

怪訝に思っているのが表情からありありと伝わってきた。

「はい」

春風さんは短く切った言葉で首を縦に振る。

冷たさを感じるクールモードになっているからか、春風さんの態度に動揺は一切ない。

そのため、いくら勘が鋭い神代先生でもこの嘘は見抜けなかった。

「そうですか、それはよいことです。去年の三年生が卒業してから部員が笹川君一人でしたからね」

うん、僕が勧誘をしなかったからですね。

それはわかっているので責めるような目を向けてくるのはやめてくれませんか、神代先生。

怖いので口には出さないけど、僕は心の中でだけ神代先生に反抗をした。

「それで、春風さんは文芸部に入るつもりになりましたか？」

神代先生は僕から視線を外すと期待するような目で春風さんを見る。

これはもう春風さんのことを一切疑っていない。

後は春風さんが頷いてくれればこの場は見逃してくれるだろう。

しかし――。

「いえ、特には」

春風さんは嘘が付けないのか、それとも何も考えずに即答したのかはわからないけど、迷う姿も見せずに否定をしてしまった。

さすがのこれには僕も頭を抱える。

「……笹川君、ちょっとお外でお話をしましょうか」

トントン、と肩を優しく叩かれた僕が顔を上げると、とてもいい笑顔で神代先生が僕の顔を見下ろしていた。

こんないい笑みを浮かべる神代先生は初めて見る。

そしてその後に見せた目は笑っていなかった。

「ぼ、僕は春風さんを勧誘しないといけませんので……」

「それはまたいつでもできますよね？　どうやら毎日のように来られているようですし」

やはり神代先生は春風さんが毎日文芸部の部室に来ていることを知っていたようだ。

春風さんがあっさりと否定してしまったことで文芸部に入るつもりがないと思われただろうし、これから僕は事情聴取にあうんだろうね。

「春風さん、ごめんけどちょっと待っていてくれる？」

「別にいいけど」

春風さんはいいと言いつつもどこかつまらなさそうだ。

だけどこの状況を作ってくれたのは彼女なため許してほしい。

というか、正直僕を助けてほしいのだけど、春風さんは僕が連れ出される理由に心当たりがないらしい。

何か用事があって出て行くと思っているみたいだ。

「さて、行きますよ」

けど。

「はい……」

僕は諦めて神代先生に付いていく。

とはいっても、部室を出て入口より少しだけ距離をとった場所で色々と質問をされただけだけど。

文芸部の部室に部員じゃない子を連れ込むなんて何を考えているのか、とか、最近下校時間ぎりぎりにばかり鍵を返しに来ている理由は春風さんか、とかそんな感じの質問だった。

後は、たまに文芸部の部室に行った時に変な匂いがするけど問題になることはしてないかということも聞かれた。

神代先生が何を言いたいのかはすぐに察したけど、さすがにそんなことはしてないためすぐに否定しておいた。

ただ、変な匂いには当然心当たりがある。

春風さんが時々変な物を持ち込んでしまっているので、それが原因だ。

例えばこの前のスライムとか。

あの子ペンタブレットのことで何も言わなかったからか、資料だと言って好き放題文芸部に変な物を持ち込んでいるからね。

バレないように片付ける僕の身にもなってほしいところだよ。

後、誘惑と戦う僕の気持ちもわかってほしい。

まぁ春風さんからは悪気が全く感じられないから僕も注意することができないんだけど……。

「聞いていますか、笹川君」

「は、はい！」

「聞いていたらそんな動揺をしなくていいはずです。私の話を聞いていませんでしたね？」

「すみません……」

神代先生が言っていることはごもっともなので僕は頭を下げるしかなかった。

「はぁ……仕方ない子ですね」

挙句神代先生には溜息をついて呆れられてしまう。

元々評価が高かったわけではないのだけど、多分この数分足らずで僕の評価は怒涛のように下がっているはずだ。

なんだろ、ちょっと辛いな。

「ところで笹川君」

「はい、なんでしょうか？」

「君は春風さんが文芸部の部室に来ていることに関してどう思っているのですか？」

春風さんが部室に来ていることに関して？

どうだろう。

最初は戸惑っていたけど、今では嬉しいと思っているんじゃないかな。

春風さんとするラノベの話はとても楽しいし……二人きりの時の春風さんはとてもかわいいから。

まぁいろいろと問題行動をするのは困るけどね。

「彼女は小説を書いていませんが、僕たちは本の感想を言い合っています。他の人の感想を聞けるというのは自分とは別の見方を知れるということですので、勉強になると考えています」

僕は思っていることを口にするのではなく、予め用意していた建前を口にした。

さすがに彼女が来ると楽しいとか言っても、納得はしてもらえないだろうからね。

まぁでも、今言ったことは建前だけど嘘ではない。

「つまり、春風さんが文系部に顔を出すことをあなたは必要だと感じているのですね？」

「はい、その通りです」

「なるほど」

神代先生は右手を口に当てて僕のことを見つめながら考え始める。

いったい何を考えているのか、そんなことはすぐにわかった。

このまま春風さんが文芸部に来ることを許していいのかどうかを考えているんだ。

もっと言えば、彼女が来ることがメリットになるのかデメリットになるのか、そういう判断をしていると思う。

他に何か言ったほうがいいのかな？

でも下手に何かを言うとそれがマイナスに働きかねない。

今は神代先生に検討してもらえるだけの材料を提供できたと割り切ったほうがいいか。

これでまだ駄目だと言われるようであれば、それから対応すればいい。

「確かに、初めて笹川君が春風さんを連れて職員室に来た時以降から、あなたの小説はよくなっています」

「えっ？」

ゆっくりと口を開いた先生の予想外な言葉に僕は首を傾げる。

小説がよくなっている？

そうなのかな？

「ヒロインの子の行動が妄想から現実じみてきたことで、より読者を惹きつけるヒロインに昇格させることができているのでしょう。それは少なからず、モデルにしている春風さんと共にいることが大きいと思われます」

なるほど、そういうこともあるんだね。

ただ、ちょっと待ってほしい。

今普通に聞き捨てならないことを言われたよね？

「モデルが春風さん？　いったいなんのことでしょうか？」

「バレていないとでも思っていたのですか？　あなたの小説を読んでいて春風さんを知っている人であれば誰もがすぐに気付きますよ？」

どうやらとぼけても無駄だったらしい。

そうか、神代先生にはバレていたのか。

うん、穴があったら今すぐに入りたい。

「あの、そのことは春風さんには……」

「なるほど、彼女は知らないのですか。わかりました、内緒にしておきましょう」

よかった、神代先生が話の通じる人で。

これがもし頭の固い人とかだったら容赦のない罰を受けたかもしれない。

ましてや、口の軽い人とかだったら春風さんに話されてしまい、いろんな意味で僕は終わってしまうところだった。

少なくともこの学校にはもう来れなくなるだろう。

なぜって？

同級生の女の子をモデルに小説を書いているなんて知られたら、みんなからきもいって思われるからだよ。

「笹川君もそういうお年頃ですからね、大目に見ておきますよ」

「あの、神代先生。物凄く含みのある言葉のようなんですが……」

「さて、それはそうと、笹川君も春風さんも基本的に一人行動の子たちでしたからね。年頃の男女が二人きりというところは少し気になりますが、一緒にいる相手ができたことはいいことです」

うん、普通に無視された。

途中で向けられた生暖かい目がかなり気になるけれど、どうせ聞いてみても聞き流されるんだろうね。

聞くだけ無駄だと思ったほうがいい。

「まぁ彼女は今気まぐれで来ているだけのようですし、いついなくなるかはわかりませんが」

結局僕は神代先生の言葉に合わせることにした。

「そうですか？　あの様子を見るに当分は居据わるように見えますよ？」

あの様子？

それはいったいどんな様子なんだろう？

僕的には文芸部に全く興味のない様子を見せたことから、いついなくなってもおかしくないと思うのだけど。

「そもそも春風さんが文芸部に来ている理由もイマイチわかっていませんし」

「あなたは絵に描いたような子ですね……」

思っていることを言うと、神代先生は若干呆れた表情を僕に向けてきた。

なんでだろう？

そんなおかしなことは言っていないと思うのだけど。

「いえ、これはあなたたちの問題なので私が口を出すのはやめておきましょう。それよりも笹川君」

「はい？」

「春風さんが文芸部に来ることを認めます。後で彼女にも伝えておいてください」

「本当ですか!?」

思ったよりもあっさりと許可が出たことに僕は驚いて聞き返す。

てっきりもうちょっと詳しく聞かれたりするものだと思っていただけにこれは嬉しい。

しかし、神代先生はこれで話を終わらせてくれるというわけでもないようだ。

「その代わりですが、あなたは春風さんを文芸部に勧誘してください」

「えっ？」

「当初あなたたちが言っていたように、部活見学で春風さんが文芸部を訪れていることにしておきます。ですから、あなたは春風さんが文芸部に入るように誘うのです」

春風さんを文芸部に……？

いや絶対に入らないだろ、あの子。

自由にエロイラストを描いてるだけの子がわざわざ入ってくれるとは思えない。

ましてや先ほど全く興味が湧いていないと言われたばかりだし。

「あの、多分誘っても入ってくれませんよ？」

「それはわからないではありませんか。少なくとも私はあなたの頑張り次第だと思っています」

とんでもない無茶ぶりだ。

春風さんが首を縦に振る未来なんて全く想像できないんだけど、先生の自信はどこから来るのかな？

「そんな目をしなくても今すぐにとは言いません。ただ、彼女が文芸部に入ろうと思ってくれるように努力してくださいということです」

「まぁ、そういうことでしたら……」

不可能ではないのかな？

ただ、絶対に時間はかかってしまうだろうけどね。

春風さんの気が向いた時に入ってもらおう。

要は春風さんが入部するかどうか悩んでいる体を保て、と神代先生は言いたいようだしね。

「頑張ってください。それでは私は職員室に戻ります」

「あっ、はい。失礼します」

僕は立ち去る神代先生の背中に頭を下げた。

先延ばしに近い形ではあるけれど、どうにか許してはもらえたようだ。

神代先生には堅物で怖いイメージを抱いてたのだけど、意外とそうでもないのかもしれない。

少なくとも、僕や春風さんのことを考えてくれる思いやりのある先生ではあった。

さて、僕も部室に戻ろう——と思ったけど、緊張していたせいで喉が渇いてしまった。

飲み物を買ってから部室に戻ればいい。

ついでに春風さんの飲み物も買って行ってあげよう。

そういえばあの子、ああ見えてコーヒー飲めないんだよね。

いちごミルクやミルクセーキのような甘い飲み物がお気に入りみたいだ。

クールで澄ましているのに、甘い物が大好きで苦い物が苦手とかとてもかわいいと思う。

予定通り僕は自動販売機で自分用のコーヒーと春風さん用のいちごミルクを買い、そのまま部室へと戻った。

道中すれ違った女の子たちから『あれ？　一人だ、珍しい』とヒソヒソ話をされたのだけど、そんなに春風さんと一緒にいる印象が強いのかな？

いや、思い返すと十分間の休憩時間以外は最近いつも一緒にいるね。

普通なら僕が誰と一緒にいようと気にならないだろうけど、相手が学校で一番人気の春風さんだからみんなの記憶にも焼き付いてしまっているわけか。

だからって春風さんを責めるつもりはないし、彼女が僕のもとに来ることに関して嫌だって気持ちもないけどね。

……むしろ、嬉しいくらいだし。

この時僕の中では既に春風鈴花という女の子に対する好意が芽生えていた。

それは、自分が思い描いていた理想の女の子に、春風さんが近かったことも理由の一つだと思う。

普段の春風さんは元から知っていた通り、冷たさを感じるほどのクールで素っ気なく口数も少ない。

だけど、僕と二人きりになるとクールなのは変わらなくても、温かくて可愛い笑顔を見せてくれる。

後、たまにちょっとポンコツなのかな、という姿を見せることもある。

それがギャップでとてもかわいく見えるんだ。

まぁそれに、最近では他のみんながいる時にも春風さんはたまに笑みを見せてくれるようになった。

しかも素っ気なく話している時に急に笑顔を見せてくるものだから、ギャップのせいでずるいと思うくらいのかわいさなんだ。

その時の様子を見ていた生徒からは歓声があがるほどに、ね。

…………まぁそれと同時に、僕に対する嫉妬と憎しみの感情も半端なく増しているようなのだけど。

時々寒気がするくらいだからね。

「――ごめん、春風さん。遅くなっちゃった」

僕は部室のドアを開けるとともに春風さんに謝る。

ちょっと話しこんでしまったのと、飲み物を買いに行っていたせいで春風さんを一人で待たせすぎてしまったからだ。

「…………」

「あれ？」

しかし春風さんからは返事がなく、見てみれば何かパソコンに視線が釘付けになっているようだ。

ペンタブレットでイラストを描くことに夢中になっているならわかるけど、彼女がパソコンを使っているところなんて初めて見る。

いつもは僕が小説を書くために使っているから使えないっていうのもあるんだけど、別にパソコンは一台じゃないんだから使いたいなら使ってくればいいのにね。

……ん、ちょっと待って。

確かあのパソコン、僕が小説を書きっぱなしにしていたんじゃなかったかな？

最初の頃は春風さんがいるからやめていたんだけど、あの子全然画面には視線を向けないし、部活動時間内に小説を書いてなかったことで神代先生に進みが悪すぎると注意されたから、今はもう気にせず書いていたんだ。

春風さんが画面を見るようであれば咄嗟に別の物へと画面を切り換えて誤魔化せばいいと思っていたから、特に問題視はしていなかったからね。

だけど今現在、僕が席を外していた間に春風さんにバッチリパソコンを使われている。

これは非常にまずい事態なんじゃないだろうか？

状況を理解した僕は背中にツゥッと冷や汗が流れるのを感じる。

急いで春風さんの後ろに回り込めば、開かれているページは僕が書いている小説のテキストファイルだった。

「は、春風さん何してるの！」

「えっ!?　あぁ！」

僕が慌てて画面をロックすると、春風さんが物言いたげな目で僕の顔を見つめてきた。

頬を膨らませ、不満がありありとわかる目をしている。

完全に拗ねている表情だ。

「いいところだったのに……！」

「ご、ごめん。だけど人の小説を勝手に読むのはやめてよ」

「読んでもらうために書いてるんじゃないの？」

「そ、そうだけど、知り合いに読まれるのは恥ずかしいというか……」

「神代先生には読んでもらってるくせに」

「先生は顧問なんだから仕方ないよ。というか、書きかけの最新話なんて読んでもわからないでしょ？」

春風さんが読んでいたのは僕がまだ書きかけの話だった。

つまり最新話になるのだけど、それまでの話を読んでいない春風さんにはわからなかっただろう。

「むっ……」

うわ、不機嫌そう。

小さく頬を膨らませながらペンタブレットを取り出して何かを描き始めた。

「な、何を描こうとしているの？」

「笹川君がチャラ男に凌辱されるイラスト」

「本当に何を描こうとしているの!?」

拗ねた春風さんのとんでもない行動に僕は先ほどとは別の意味で同じ言葉を言う。

しかもどうして相手が男なんだ。

この子はいったい何を求めているの？

「大丈夫、需要はある」

「誰もそんなことは心配してないので今すぐにその手を止めてくれないかな!?」

「知らない」

僕の言葉を無視してペンを走らせる春風さん。

その速度はすさまじいもので、あっという間にアタリをとったと思ったらみるみるうちに体のパーツを描いていく。

確かレイヤーというのかな？

絵を描く紙のデジタル版のような物を体のパーツごとに数枚使い分けている。

その切り換えさえ凄く速い。

もう頭の中で完全にイメージが出来上がっているようだ。

――って、呑気に分析している場合じゃない！

そう考えている間にも、もう僕を模したらしいイラストが大まかに描き上げられているじゃないか！

僕になんて表情をさせるんだ、この子は……！

「春風さんストップ！　それ以上は駄目だ！」

言葉では止まらないため、僕は持っている飲み物二つを机の上に置くとすぐに春風さんの手を掴んで止めさせた。

しかし、春風さんは手を振って放してと抗議をしてくる。

描くのをやめるつもりはないようだ。

僕が放さないでいると、春風さんの手の振り幅は段々と大きくなり、次第に全身を使って抵抗を始めた。

そして――大きく、バランスを崩す。

当然だ、今春風さんは椅子に座っているのに、全身を使って暴れてしまったら椅子の重心がずれて倒れてしまう。

「きゃっ！」

「危ない！」

僕は咄嗟に掴んでいる手に力を込めて彼女の手を引っ張った。

しかし、重力に従うだけでなく、勢いがついてしまっている彼女の体を手だけで持ち上げるのは無理だった。

持ち上げるどころか、咄嗟のことで足に踏ん張りを利かせていなかったこともあり僕の手は持っていかれる。

まずい――そう判断した瞬間、僕は思考を切り換え彼女を持ち上げるのではなく、彼女を守ることにした。

彼女の手を放し、彼女の体の下に自分の体を滑りこませたのだ。

「いたっ――くない……？」

僕たちが倒れてすぐに聞こえてきたのは、襲ってくるはずだった痛みが襲ってこなかったことで戸惑っている春風さんの声。

きっちり僕は彼女の体の下に自分の体を滑り込ませることができたようだ。

その代わり、僕は彼女に押しつぶされて痛いのだけど。

特に顔が痛い。

思いっ切り骨にぶつかったようなのだけど、僕の顔はいったいどこにぶつかっているんだ。

「あっ……笹川君が庇ってくれ――っ！」

僕が痛みに思考を巡らせていると、春風さんの体が僕の上から離れていった。

僕を押しつぶしていることに気が付いてすぐにどいてくれたのかもしれない。

しかし、僕から離れていった春風さんはお礼を言ってくるどころか、凄く物言いたげな目で僕の顔を見つめてきた。

顔を赤らめながら若干睨まれているような気もする。

そして、なぜか自身の胸に両手を当てて僕から隠すようにしているのだけど、これはまさかあれかな？

僕はラブコメで定番なラッキースケベに遭ってしまった？

でも、とても硬い感触というかほぼ骨だったと思うんだけど、本当にそうなの……？

春風さんが僕の顔を睨んでいる理由を察した僕は戸惑いを隠せなかった。

というか、無理矢理そちらに思考を向けている部分もある。

だって、きちんと状況を理解すると顔が熱くなるような思いをするだろうから。

「笹川君のえっち……」

「不可抗力だったのですが」

「すけべ」

春風さんはよほど怒っているのか、顔を赤く染めながらジト目で僕のことを罵ってくる。

そちらの性癖がある人ならご褒美だと喜びそうな表情だ。

だけど、僕にはそんな特殊な性癖はないため早急にやめてもらいたい。

「本当に誤解だって」

「…………」

うわぁ、全然許してくれない。

黙り込んでジト目で僕の顔を睨むように見つめている。

本当に事故なんだけどなぁ。

どうしたら許してくれるんだろう?

困った僕は春風さんから視線を外し、辺りを見回してみる。

すると、先ほど買ってきたいちごミルクが視界に入った。

うん、卑怯かもしれないけどこれで機嫌を直してもらおう。

「ごめん春風さん。それはそうと、飲み物を買ってきたんだけど一緒に飲まない？」

「あっ、いちごミルク……！」

いちごミルクの缶を差し出すと、春風さんの目が輝き始めた。

相変わらずいちごミルクが大好きなようだ。

「──やっぱり優しい……」

「えっ？」

「うぅん、なんでもない」

何か春風さんが呟いた気がしたのだけど、聞いてみても首を横に振られてしまった。

どうやら空耳だったらしい。

だけどいちごミルクの効果はてきめんだったのか、いちごミルクを受け取った後春風さんはご機嫌な様子で椅子に座る。

もう先ほどの件に関しては不満がないようだ。

「あっ、お金」

「いいよ別に。今回はおごり」

「でも……」

「気にしないで、僕が勝手に買ってきた物だから」

「そっか、ありがとう」

春風さんはお礼を言った後嬉しそうにいちごミルクを飲み始める。

普段のクールな表情ではなく、年相応な女の子のようなかわいらしい笑みを浮かべ、両手で持っている缶に口を付けていた。

かわいい。

そう思わずにはいられなかった。

だけど、見られていても春風さんはいい気がしないだろうし、僕は自分が買ってきたコーヒーに口を付ける。

口いっぱいに広がる苦みは不思議と癖になる味。

僕はコーヒーの中でも無糖が好きなんだよね。

逆に砂糖が入るとちょっと苦手かもしれない。

「ブラック……大人……」

「ん？」

「なんでもない」

視線を感じたから視線を向けてみると、なぜか僕のほうを見ていた春風さんがプイッとソッポを向いてしまった。

なんだろ、怒らせることなんて何一つ言ってないと思うんだけど。

まさかいちごミルクを口にすることができたから、また先ほどのことを思い出して掘り返そうとしているのかな？

うわぁ、それは困るな。

先ほどのことは濡れ衣だったのに怒られるのはかなわないよ。

話全然聞いてくれなかったしさ。

先に何か手を打つべきか、そう思考を巡らせる僕だけど何か言う前に春風さんの口のほうが先に動いた。

「ありがとう……」

「えっ？」

「ありがとうって言ったの」

上手く聞き取れずに尋ね返すと、若干吐き捨てるようにお礼を言われた。

いちごミルクを奢った時は全然声色が違う『ありがとう』だ。

感謝どころか怒っているんじゃないかと思ってしまう。

「何に関して？」

「さっき、身をていして庇ってくれたこと」

「あっ、状況を理解していたんだ」

「うん、当たり前」

「だったら怒らないでほしかったんだけど……」

「そ、それとこれとは別だと思うの……！　だって笹川君、私のむ――大切な部分に顔を埋めていたんだよ……!?　女の子として怒って当然じゃない……！」

うん、今この子思いっ切り言い直したね。

やっぱり僕の顔が当たっていたのは春風さんの胸だったんだ。

うわぁ、思い出すと顔が急に熱くなってきた。

こんな経験初めてだよ。

……でも、一つ教えてほしいんだけど、胸ってあんなに硬い物なの？

もっと柔らかい物だと思っていたのに、ほぼ骨みたいな感触だったよ？

いったいどうして——あっ。

僕はふと春風さんのことを見て考えるのをやめる。

どうして柔らかい感触ではなく、骨にぶつかったような感触だったのかを春風さんを見たことでわかったからだ。

世間一般では胸は一括りにされるけど、大きさなどで細かく分けることもできる。

そしてそれは、人によって大きさが違うから生まれるものなのだ。

また、当然大きさによってクッション性にも差は生まれてしまう。

——そう、彼女はまな板だったのだ。

「なんだろ、今凄く笹川君のイラストの続きを描きたくなったんだけど」

目の動き、もしくは向けられている視線からか、それともこの状況からかはわからないけど、僕が彼女のことをどう評したのかを察したようだ。

もしかしたらこれが女の勘というやつなのかもしれない。

というか目が怖いんだけど、春風さん。

他の子たちがいる時の冷たいほうのクールモードになっているじゃないか。

「いや、うん、ごめん。僕が悪かったから本当にやめてください」

このままだと本当にイラストの続きを描き始めかねないと判断した僕は、早々に頭を下げて許しを乞うのだった。

◆

「――じゃ、また明日。ばいばい春風さん」

いつもの分かれ道に着くと、笹川君は男の子とは思えないかわいらしい笑みを浮かべて私に手を振ってくる。

本当に女の子なんじゃないかと思うような笑顔で、というか今でもちょっぴり男装疑惑を持っていた。

なんせ笹川君は、女の子顔負けくらいにとてもかわいいから。

実際、入学当初は何人もの男の子が彼に注目していたらしいし。

男だと知ったことでみんな大ショックを受けたみたいね。

女の子たちは笹川君をネタに妄想を膨らませている子が多い。

攻め役となる男の子は人によって違うみたいだけど、受け役として想像するのはみんな笹川君みたいなの。

本当女の子はこういうことが好きだと思う。

まぁこれらは全て、女子更衣室などで女の子たちが話している内容を聞いて得た情報なんだけどね。

必要なことがあれば話をするけど、こんな雑談を私にしてくるような子はいない。

なんせ、私が冷たく突き放してしまっているから。

少なくとも近寄ってくるなオーラを全開に出している。

そうしないと、また私はやりすぎてしまうから。

「どうかしたの？」

昔のことを思い出してしまい固まっていると、笹川君が不思議そうに小首を傾げて私のことを見てきた。

何そのかわいらしく傾げる首は？

やっぱり君は女の子じゃないの？

と言いたくなったけど、笹川君は女の子扱いされるのが嫌なようなので私はグッと我慢する。

そして首を横に振り、誤魔化すために口を開いた。

「うぅん、なんでもない。さよなら、笹川君」

「あっ、うん……」

笹川君は戸惑ったような表情を浮かべたけど、今は気分が晴れなかったから私は気付かなかったふりをしてそのまま帰路についた。

一人で帰るようになった途端、物寂しい思いに襲われる。

先ほどまでは笹川君が隣にいて楽しく会話をしていたせいだ。

楽しく話をしていたのに、急に一人になれば寂しくなって当たり前。

ほんと、どうして笹川君は電車登校じゃないんだろう。

電車登校ならまだ話せていたのにね。

私は一人になった寂しさからぶつぶつ心の中でだけ文句を言う。

口に出すと独り言になってしまい、周りから変なふうに思われるから言葉にはしないの。

――それにしても、世の中って意外に狭いんだよね。

私は立ち止まり、鞄からスマホを取り出してお気に入りの小説サイトを開いた。

そしてブックマーク登録をしているある作品のページを開く。

そこには、『文《ふみ》』という作者名が書かれていた。

私が大好きな作品の作者さんの名前だ。

一年前、『銀髪クーデレ美少女は今日もかわいい』というタイトルに惹かれて私はこの作品を読み始めた。

とはいっても、正直タイトルは駄目駄目だと思う。

これだとタイトルが何よりも大事なＷＥＢ小説では読む人の気を引けないからね。

だけど、私は自分が銀髪なことと、クーデレやかわいいというワードに惹かれてつい読んでしまったの。

どうして惹かれたかはあえて言わない。

だって、自分で言うのはとても恥ずかしいから。

話を読んでみた率直な感想は、素人が書いてる物だなって感じだった。

文章は拙いし、終わりに『〜だった』などを多用し過ぎてる。

他にも気になる点は色々とあった。

だけど——不思議と、小説の続きが気になり読まずにはいられなかった。

そして作品は話が進むにつれて面白くなっていく。

最近では珍しくなった、尻上がりに面白さを持ってくるやり方を彼は取っていたからだ。

今はもうそのやり方は古い。

最初から爽快感などがないと読者はその話で読むのをやめてしまい、その後の話でどれだけ面白くなろうと読んでもらえなければわかってもらえないからね。

でも、彼の話は序盤でも目を放せなくなるような、不思議と物語に没頭させられる面白さがあった。

書き方としては尻上がりに面白くしようとしているのがわかる書き方なのに、序盤から既に面白い。

そんな作品は今まで読んできた中でも滅多になかった。

文章力がないのが惜しいと思ってしまうくらいに内容は面白いの。

きっと書籍にしてもらえれば一冊分くらいは最後まで読んでもらえることが多いから、面白さをみんなにわかってもらえるような作品だと個人的には思ってる。

何より、今は折角読んでもらえても文章力がなくてまともに読まず切り捨てている読者が多そうだから、これで文章力が付いたら絶対に人気作になると思っていた。

そんなふうに思うくらいに私はこの作品にハマっている。

そしてその作者さんが、実は同じ学校にいる同級生だと知ってとても胸が躍った。

――そう、その相手が笹川君だったの。

私の作品を自慢するために笹川君のもとを訪れていた時、たまたま彼がWEB小説サイトに載せてる小説のタイトルを見たことがあって、その時に笹川君が文先生だったということに気が付いてしまった。

それ以来私はもっと彼のことを知りたいと思ってしまっているの。

だって、言い方を変えれば憧れの人でもあったから。

だから私はもっと文先生と仲良くなりたくて、通学路で彼を待ってみたり、お昼休みに呼びに行ったりしてる。

最初は興奮から気持ちを抑えられずに行動してしまったというのが正直なところなのだけど、我に返ってやりすぎたと思っていた私に対して笹川君はとても優しい表情を向けてくれていた。

迷惑なんて思っていない表情で、戸惑いはあるけど嬉しさも感じられるような優しい笑顔だったの。

笹川君って私が付きまとっても全然嫌な顔をしない。

きっと顔だけじゃなく根から優しい人なんだ。

それに今日だって、身をていして私の体を庇ってくれたし……。

私は文芸部の部室で体勢を崩して椅子から落ちた時のことを思い出す。

その時笹川君は私の腕を引っ張って体を持ち上げようとしたけど、勢いのせいで持ち上げられないとわかるとすぐに私の体の下に自分の体を滑らせてクッションになってくれた。

そんなことを咄嗟にできる男の子なんてそうそういないと思う。

「かっこよかったなぁ……」

あの時のことを思い返して、無意識にボソッと出てしまった言葉。

自分が何を言ったのか理解した途端私の顔は凄く熱くなった。

「な、何を言ってるの、私は……！　そ、それに笹川君えっちだったたし、絶対そんなことないから……！」

一瞬頭を過りそうになった言葉を私はブンブンと首を横に振って振り払う。

まさか、たった一回助けてもらっただけで――うぅん、私はそんな軽い女じゃない。

そ、そう、決して助けてもらったからって意識したりとかしないの。

笹川君とは一緒にいて楽しいし、もっと話していたいと思うけど、それは友達としてだからね……！

決して、異性として意識してるわけじゃないんだから……！

私はいったい誰に言い訳をしているのか。

そんなことがわからないくらいに必死に自分の胸の中で言葉を連ねた。

だけど、少しして落ち着くとやっぱり今日のことはもう一度ちゃんとお礼を言っておこうと思った。

今まで友達を遠ざけていたけど、笹川君なら仲良くできると思うから。

こういう時にちゃんとお礼が言えなければ友達じゃない。

それに相手は文先生でもある。

正直もっともっと仲良くしたかった。

また明日話せると思うと、それだけで胸が躍る。

明日が来るのがもう既に待ち遠しかった。

ほんと、早く明日が来てくれればいいのに。

『――ちょっと、いつも付きまとってきてうざい』

「――っ！」

突然、頭に過った言葉。

一番の仲良しだと思っていた子から言われた、とてもショックだった言葉だ。

……そっか、そうだよね。

仲良しになれると思って調子に乗りすぎたらだめなんだ。

このままだと、また昔と同じことを繰り返すところだった。

私が楽しくて仲良しだと思っていても、相手が同じ考えでいてくれるとは限らない。

だから私は友達と関わるのが怖くなって自分から遠ざけるようになったんだ。

それは相手が笹川君だって変わらないんだよね。

何を調子に乗ってたんだろう、私は……。

◆

朝登校していた僕は、いつもいるはずの女の子が通学路にいないことで少し戸惑っていた。

彼女と知り合って以来、例外なく毎日ここで僕のことを待っていたのに、今日はその姿が見えない。

スマホで時計を確認してみてもいつも通りの時間。

春風さんに限って想像しづらいけど、もしかして寝坊をしたのかな？

とりあえず、僕は彼女のことを待ってみる。

それから三十分ほど、色々な生徒が通ったものの春風さんの姿は見えなかった。

これ以上待っていると遅刻してしまうから仕方がない。

僕は待つことをやめて学校に向けて足を踏み出した。

こうなるなら連絡先を交換していればよかったと思う。

ここ最近ずっと一緒にいるのに、未だに僕たちは連絡先を交換していない。

だから電話をかけて確認しようにも不可能なのだ。

まぁ連絡先を交換していない理由は、ただ単に女の子相手に連絡先を聞くのが恥ずかしいからなのだけど。

もし断られたらショックだし、嫌な顔をされてもショックを受ける。

そう簡単に女の子に連絡先を聞けるような軽さは僕にはなかった。

校内に入ってみると、部活終わりの生徒たちが丁度学校内に入るタイミングだったみたいだ。

そして一人でいる僕を見てみんなヒソヒソと秘密話をする。

何を言われているのかは聞き取れないけど、大体予想はついた。

いつも一緒にいる春風さんがいないから、そのことに関して言われているんだろう。

僕は他の子たちの視線を気にするのはやめ、自分の教室へと急いだ。

それから休み時間を迎え、昼休みを迎えたけど、結局春風さんは姿を現さなかった。

もしかしたら休みなのかもしれない。

そう思ったのだけど、クラスメイトたちが話している会話から聞こえたのは、今日も春風さんはかわいいというような内容だった。

つまり、彼女は学校に来ているようだ。

風邪で休んでいるわけじゃなくてよかったと思うけど、どうして急に顔を出さなくなったのかが気になる。

昨日、何か怒らせるようなことをしたかな？

……………うん、そういえば怒らせていたね。

思いっ切り物言いたげな目を向けられたじゃないか。

でも、あれだけで来なくなるほど怒るのかな？

春風さんを完全に理解しているわけじゃないけど、昨日一緒に帰っていた様子とかを思い出してもそうだとは思えない。

となると、他に理由があるのかもしれない。

だけど、だったら何が原因なのだろう……。

春風さんが急に僕のもとに来なくなった理由がわからず、僕はモヤモヤとした気持ちを抱えながら午後の授業も受けることになった。

そして迎えた放課後、一時間経っても春風さんの姿は見えない。

う〜ん、春風さんどうしたんだろう？

もうこの部室に来るつもりはないのかな？

僕は小説を書きながら今の状況を少しつまらないと思っていた。

というよりも、寂しいと感じてしまっている。

ここ最近ずっと一緒にいたから、一人でいるこの広い空間が寂しく感じるんだ。

どうしよう？

今日は集中できていないし、もう切り上げて帰ったほうがいいかもしれない。

うん、無理に書いてもいい話なんてできないし、今日はもう帰ろう。

――そう思ってパソコンを切ろうとした時、部室のドアが開けられるような音が聞こえた気がした。

反射的に入口に目を向けてみると、ドアがほんの少しだけ小さく開かれている。

そして、ソーッと覗き込むかのようにかわいらしい顔が隙間から見えた。

「何してるの、春風さん」

バンッ――――！

声をかけた途端、思いっ切りドアを閉められる。

うん、何をしているんだろうあの子は。

とりあえず何がしたいのかわからなかったのでドアを開けてみる。

すると、春風さんがドアの影に隠れるようにして立っていた。

開いたドアで陰になるような位置に立っていたのは頭を使ったと思うけど、これで隠れたつもりなのかな？

「何してるの、春風さん」

僕は先ほどと同じ言葉をもう一度春風さんに投げてみた。

ちなみに、部室のドアと自分の体を使って逃げられないよう道は塞いでおいた。

この子が何をしたいのかわからない以上今逃げられるのは困るからだ。

「普通、こういう時は慌てて部室を飛び出して追いかけるものじゃないかしら？」

「あぁ、だから見落とされるようにドアの影に隠れたんだ？　ごめんね、春風さんだと走って逃げないだろうなぁって思ってたから慌てなかったよ」

「むぅ……」

春風さんは不満そうに小さく頬を膨らませて僕の顔を見上げる。

どうやら拗ねてしまったようだ。

見逃して欲しかったんだろうな、とはわかるのだけど、どうして隠れようとしたのかがわからない以上見逃すわけにはいかない。

「どうして逃げたの？」

「逃げてない」

あれを逃げてないというのは中々凄いな。

こんなところで見栄なんて張らないでいいだろうに。

「とりあえず部室に入る？」

「んっ」

このまま廊下で話していると注目を集めると思い提案してみると、意外にも素直に春風さんは頷いた。

こんなにすんなり部室に入るんだったら本当になんで逃げたのか疑問でしかない。

しかもいつもだったら僕の隣に椅子を持ってきて座るのに、なぜか今日に限っては端っこにある椅子に座っているし。

本当にどうしたんだろう？

もしかして昨日のことで警戒をしているのかな？

「どうしてそんなに遠くに座るの？」

「なんとなく」

「僕のことが怖い？」

「えっ？　そ、そんなことはないけど……」

うん、この反応はどうなのかな？

言い淀んだけど、これは僕が急に変な質問をしたから戸惑っただけで、図星を突かれて動揺したというわけではないように見える。

それに、僕が気にしていると捉えたのか、困ったように視線を彷徨わせた後少しだけ椅子を近付けてきたし。

だけど、どうして少しだけなのか。

もうどうせならいつも通り隣に来ればいいのに。

「隣に来ないの？」

「……迷惑になるからいい」

「迷惑？」

「あまり近寄ると迷惑でしょ？」

どういうことだろ？

別に春風さんが傍に来て迷惑だなんて——最初の頃は少し困るとは思っていたかもしれないけど、最近は全く思っていない。

それなのにどうして彼女は急にこんなことを気にするようになったんだろう？

別に僕が態度に出したとかそういうことはないはずなのに。

「迷惑なわけないよ。春風さんと話すのは楽しいしさ」

とりあえず僕は、若干拗ねたような——そして、何かに怯えているような目をした春風さんに笑顔で話し掛けてみた。

「楽しい……？　本当……？」

春風さんは恐る恐るといった感じで僕の顔を見つめてくる。

忙しなく髪を指で弄ったりしていて、何か緊張しているようにも見えた。

「うん、本当だよ」

「うざいって思ってないの……？」

「うざい？」

どうしてそんなことを心配するのだろう？

春風さんと一緒にいてうざいなんて思うはずがないのに。

もしかして、僕がそんな誤解を生むような態度をとっていたのかな？

決して彼女を邪険に扱ったことはないはずだけど、当の本人がどう受け止めるかはその人次第。

僕が気付かないうちに誤解を生むようなことをしてしまっていたのかもしれない。

「うぅん、うざくないよ。僕が春風さんにそんなことを思うなんて絶対にありえないから」

僕は誤解を消し去るために力強く断言する。

「…………」

そのかいあってか、春風さんは無言で近寄ってきた。

その目は不思議と嬉しそうに輝いているように見える。

だけど、まだ距離があるところで椅子に腰を下ろした。

まだ疑われているらしい。

「えっと、本当にうざいだなんて思ってないよ？」

「言葉ではそう言ってても、心の中だとわからない」

確かにそうなのだけど、それを言い出したら誰とも仲良くできないじゃないか。

何を考えているかなんて本人にしかわからないのだからね。

……まぁ、友達がまともにいない僕に言えたことではないのかもしれないのだけど。

それにしても春風さんはいったいどうしたんだろう？

昨日まではこんな様子は一切見せず、むしろ肩がくっつきそうなほどにくっついてくる子だったのに本当に不可解だ。

「僕がそんなふうに思っているように見えるのかな？」

「…………」

春風さんの考えがよくわからない僕が理由を知りたくて尋ねてみると、春風さんは椅子を持ってまた少しだけ近付いてきた。

でも、やっぱり定位置には来ない。

今は大体僕たちの間には二メートルくらいの距離が開いている。

まぁだけど、近付いてきてくれたということは僕がそんなことを思っていないとわかってくれているようだ。

それでもまだ距離があるのはどうしてだろう？

「他にも何かあるの？」

「笹川君優しいから、迷惑でも言えないんじゃないかなって……」

うざいの後は最初に戻るのか。

思ったよりも根が深いのかな？

というよりも、もしかして誰かに何か言われたのだろうか？

「さっきも言ったけど全然迷惑じゃないよ。誰かに変なことを言われたの？」

「……昔、言われたことがある」

昔？　ということは僕とのことじゃないのかな？

いったい何を言われたことがあるんだろう？

「何を言われたの？」

「ちょっと、くっつきすぎてうざいって……」

春風さんは当時のことを思い返しているのか、クシャッと顔を歪めた。

こんなことを直接言われたのなら思い返しただけで辛いはずだ。

無神経に聞いてしまったのがよくなかったな。

まぁだけど、それは過去の話のはず。

少なくとも昨日まで春風さんは全く気にした様子がなかったのに、どうして今更こんなふうになるんだろう？

「その時のことを僕は知らないからそれについては何も言えないけど、僕は春風さんがくっついてきて嫌だとは思わないよ。むしろ話ができて楽しいと思っているからね」

春風さんがこんなことを気にしだした理由は気になるけど、傷口に塩を塗るような真似はできずとりあえず自分の思いだけを伝えてみた。

彼女が安心してくれたらいい、そう思って言った言葉だ。

しかし、自分が言った言葉を脳内で反復してみると、自分がとんでもないことを言ったことに気が付く。

完全に好意丸出しの言葉だったからだ。

「あっ、えっと今のは――」

「――やっぱり、笹川君は優しいね」

「えっ？」

慌てて言い訳をしようとすると、春風さんが凄く優しい声を出した。

見れば、声と同じくらい優しく――そして、とてもかわいい笑みを浮かべている。

その笑顔を見た途端ドクンッと僕の心臓が跳ねた気がした。

思わず見惚れてしまうほどだ。

「笹川君は本当に優しいと思う」

春風さんは僕の様子に気が付いていないようで、嬉しそうな声を出して僕の隣へと椅子を持ってきた。

そしていつも通り、少し肩がくっつきそうな距離に座る。

先ほどまでの不安は何処にいったのかと思うほどにニコニコの笑顔でご機嫌な様子だ。

特に僕が言った言葉には気が付いていないようにも見える。

よかった、それなら余計なことは言わないでおこう。

触れなければこのまま気が付かずに終わってくれそうだ。

「優しいってわけじゃないよ。普通に思ったことだから」

「そっかぁ」

春風さんは余程ご機嫌なのか、今はいつものクールな雰囲気がない。

普通の女の子みたいに表情豊かに笑みを浮かべている。

多分この春風さんを見れば、みんな親しみやすい女の子だって印象を受けると思う。

少なくとも僕は今そういう印象を受けた。

そんな僕の視線に気付いた様子がない春風さんは、いつも通り鞄からペンタブレットを取り出している。

今日もエロイラストを描くつもりなのだろう。

女の子ってやっぱり切り替えが早いんだね。

先ほどの雰囲気を全く引きずった様子がない。

まぁ引きずられると気まずいし、折角来てくれているんだから楽しい時間を過ごしたいので何も問題はないんだけどね。

だから僕は余計なことを言わずに小説サイトの自分のページへとアクセスをする。

えっ、学習能力がないのかって？

いや、うん……色々考えたんだけど、昨日もう見られてしまっている時点で完全に手遅れなんだよね。

だからもう割り切りました。

春風さんもあまり気にしていなかったし、いいんじゃないかな。

小説を読まれたことに関して若干やけになっている僕は気にせずに小説を書き続ける。

今日はちょっと変わった一日だったけど、これからはまたいつも通りだろう。

それから少しして春風さんがラノベの話題を振ってきたので、彼女の話を聞きながら僕も自分の意見を言ったりして楽しい時間を過ごせた。

正直高校生活はラノベや漫画のような青春に溢れた物ではなく、期待していたような学校生活は送れていないけれど、そんな中でする彼女とのラノベや漫画、アニメの話はとても楽しかった。

この時間は僕にとって唯一の楽しみなんだろう。

ずっとこんな日々が続いてくれますように——僕は、密かに心の中でそう願うのだった。

それから僕たちは朝昼夕、いつも一緒にいてラノベや漫画、アニメの話で楽しい時間を過ごしていた。

極たまに気を抜けば春風さんがエロ話をぶっこんでくることがあるけど、それに関しても即座に話題を逸らすという対応をして慣れたと思う。

まぁ話題を逸らすと、決まって春風さんは小さく頰を膨らませて拗ねた表情を見せるのだけど、数分後にはラノベなどの話に熱中して機嫌は直っている。

こういうところは噂と違いちょろいんだよね。

そしてそんな彼女のことをかわいいと思ってしまっている自分がいる。

彼女と一緒にいる時間は本当に楽しかった。

だけど——そんな時間は、いつまでも続くということはなかった。

第三章　廃部通告

『――二年Ａ組春風さん、二年Ｃ組笹川君、至急進路指導室まで来てください。繰り返します、二年Ａ組春風さん、二年Ｃ組笹川君、至急進路指導室まで来てください』

それは一限目の最中に行われた校内放送。

授業中に呼び出しを喰らうなどよほどの事態だと誰もが思う。

実際、授業を教えてくれていた数学の先生やクラスメイトたち全員が戸惑ったように僕の顔を見てくる。

僕だけならともかく、春風さんまでも呼び出しを喰らった。

その事実が僕に嫌な汗を流させる。

しかも呼び出されたのは職員室ではなく、進路指導室。

進路指導室に呼び出されることは極たまにあるけれど、特定の生徒だけというパターンはほとんどない。

いつも順番にみんなが呼ばれて今後の進路に関して担任の先生と話をするのが通常だ。

どうしよう、汗が止まらない。

「笹川君、とりあえず進路指導室に行ってもらえますか？」

僕が固まって動こうとしなかったせいで、数学教師に行くよう促されてしまった。

僕は頷いて立ち上がると、すぐに進路指導室を目指そうと教室のドアを開ける。

すると、開けたドアの向こうにはここ最近いつも一緒にいる女の子が立っていた。

「あっ、春風さん……」

「笹川君、これってもしかしなくてもまずい事態？」

どうやら春風さんもこの事態の異常さに危機感を覚えているようだ。

僕は彼女の質問にコクリと頷き、とりあえず進路指導室に行こうと告げた。

春風さんは不安そうに僕の顔を見つめてきたけど、生憎今の僕には彼女を安心させる言葉も根拠もない。

正直どうして呼び出されたのかすらわかっていないからだ。

ただ、不安要素は多分に持っている。

今僕が願っているのは、呼び出された理由が、部員ではない春風さんがいつまでも文芸部の部室に居座っているということであってほしいということだ。

前に神代先生に得た許可のタイムリミットがきた、そうであってくれるのが考えられる中で一番マシだと思う。

少なくとも今頭に過っている最悪なパターンではないでほしい。

もしこの不安が当たってしまえば――最悪、春風さんの退学だってありえるからだ。

「――失礼します、二年C組笹川、二年A組春風です」

進路指導室に着き、ドアを三回ノックした後僕が代表して中に話し掛ける。

すると、中からは四十くらいの中年男性の声が聞こえてきて中に入るよう促された。

その声を聞いた途端、僕の体は竦んでしまう。

よりによってこの先生に呼び出されるなんて……。

僕は自分たちの不運を恨みながら、ゆっくりとドアを開けた。

中で僕たちを待っていたのは、眼鏡をかけた少し髪が薄くなっている意地が悪そうな顔をした男性教師。

融通が利かない堅物で、学生に対して学力が全てだと思っている先生だ。

生徒に対して当たりが強く、学力が低い生徒には鼻にかけた笑い方をして馬鹿にすることでも有名である。

一番怖い先生と言えば神代先生だけど、一番めんどくさくて嫌われている先生はまず間違いなくこの下口《したぐち》先生だ。

一応この人、二年生の学年主任でもある。

そしてその隣には、額と腰に手を当てている神代先生も立っていた。

もう文芸部関係のことで間違いない。

しかも、額に手を当てている様子から悪い話だとわかる。

「授業中に呼び出して済まないが、君が笹川か？」

下口先生はギロリと睨みながら僕に名前を確認してくる。

春風さんに確認しなかったのは彼女が有名で面識があるからだろう。

「はい、そうです」

「どうして呼ばれたかわかるか？」

「いえ……」

わからない。

よくないことだってのはわかるけど、どうして呼び出されたかまでは未だにわからなかった。

「春風さん、君は文芸部の部員でもないのに文芸部の部室に入り浸っているらしいな？」

僕に対する説明はなく、今度は春風さんに話を振る下口先生。

僕のことは呼び捨てだったのに春風さんはさん呼びなのは、彼女が女の子だからか、それとも学年トップの優秀な生徒だからなのか。

おそらく後者だろう。

「はい」

春風さんは短く返事をし、首を縦に振る。

そして不安が増してしまったのか、ギュッと僕の服の袖を握ってきた。

「どうして文芸部でもないのに入り浸っているんだ？」

「笹川君に小説の参考になるから話し相手になってほしいと言われました。元々同じ本が好きだということで仲良くなり、それから文芸部に顔を出すようになったのです」

これは僕が考えた彼女が文芸部に来ていることの建前だ。

神代先生との一件以来他からもこういう声があがることは予想できたため、予め考えて春風さんに伝えておいた。

少しでも建前があれば、春風さんの取っ付き辛い雰囲気によって深入りはされないと思ったからでもある。

しかし――。

「嘘だな」

なぜか、下口先生にはあっさりと否定されてしまった。

その瞳からはハッタリでなく、確信を持って言っていることがわかる。

そして下口先生はこちらを見たまま何かを鞄から取り出した。

取り出された物が何か。

それを理解した瞬間、僕は全身から血の気が引いた。

下口先生が取り出した物――それは、春風さんが普段使っているペンタブレットだったのだ。

「これは春風さんの物だな？　君はこんなイラストを描くために文芸部に居座っている、そうだろ？」

春風さんが今まで描いてきたエロイラストを僕たちに見せつけながらスクロールしていく下口先生。

最悪だ。

僕が一番あってほしくなかった最悪の想定が現実になってしまった。

「あっ、それは……」

まさかペンタブレットを持ち出されるとは思っておらず、春風さんは言葉が出てこない様子。

そもそもどうして春風さんのペンタブレットを下口先生が持っているかということなのだけど、教室にペンタブレットを持っていくわけにはいかない春風さんが文芸部の部室に置いていたところを見つかってしまったんだろう。

それにしても、普段文芸部とは関係がない下口先生に見つかってしまうとは……。

部員でもない春風さんが文芸部の部室に頻繁に訪れていたことで、この先生に目を付けられていたのかな？

「全く君は……まだ高校生だろ？　なのにどうしてこんなイラストなんかを描いているんだ。それに君は我が校を代表する子なんだ、関係がない部活で油を売られるのも困るというのに、こんなイラストなんかにうつつを抜かして……」

下口先生は頭が痛そうに手で頭を押さえながら、若干馬鹿にしている感情が入り混じった態度で溜息をついた。

それを見て春風さんがムッとするけれど、ここで突っかかっても何もいいことはないため、僕はソッと手を握って何も言わないように制止する。

いきなり掴まれたからか少し驚いたように春風さんが僕の顔を見てきたので、僕は首を横に振って駄目だよということを伝えた。

すると春風さんは納得してくれたのか、コクリと頷いて僕から視線を外す。

その表情はどこか照れ臭そうだった。

「この子たちは私の話を聞いておるのかね、神代先生」

春風さんとやりとりをしてすぐ、何やら物言いたげな表情で下口先生が僕たちを見ていた。

その横では神代先生が厳しい表情で僕たちを見ている。

「笹川君、事の重大さがわかっていますか？」

「は、はい」

なんで僕が——と少しは思わなくはないけど、事は文芸部の部室で起きており、ましてや文芸部員でもない春風さんの滞在を部長である僕が容認している。

そこで問題が起きたのであれば、当然責任は僕にあるというわけだ。

「だったらいちゃつくのをやめなさい」

「い、いちゃついてなんて……」

絶対にいちゃついてなんていないのに、なぜか言い掛かりをつけられてしまった。

さすがにこれには文句を言ってもいい気がする。

……でも、神代先生が相手なので文句なんて言えるはずがないのだけど。

「正直こんな物を部室で描いていただなんて、謹慎処分を言い渡さずにはいられない」

「「そ、そんな……！」」

下口先生の口から謹慎という言葉を聞き、僕と春風さんの声が重なる。

確かに十八歳を迎えていない春風さんがエロイラストを描いていたのは問題だし、本来持ち込んではいけないペンタブレットを持ち込んでいることも問題だ。

しかし、それでも謹慎処分なんて重いと思った。

「だが、春風さんはうちの学校にとってとても大切な生徒だ。彼女には偏差値が高い大学に入ってもらわねば困るため、間違っても停学などで内申を下げるわけにはいかない」

どうやら下口先生は本気で謹慎処分を言い渡すつもりはないらしい。

春風さんがいい大学に入ればこの学校の宣伝になるため、謹慎で春風さんの評価が下がることを避けたいというわけか。

だけど、そうなるとどんな罰が待っているんだ？

正直嫌な予感しない。

「そうだな、この文芸部を廃部にするか」

それは、あまりにも唐突に出された提案。

誰一人として意見を聞かず、完全に思い付きで言われている言葉だった。

「ど、どうして廃部にされないといけないのですか？」

さすがに廃部と言われて黙っているわけにはいかず、僕は意を決して聞いてみる。

「春風さんを停学にするわけにはいかないとはいえ、罰を与えなければ他の生徒に示しがつかない。だから代わりに、彼女がこの道具を持ち込んでいた文芸部を廃部にしようという話だ。それに文芸部は君一人だけだろ？　部として認められるのは五人以上所属する部活動のみなため、規定に達していない部を廃部にしても何も問題はない」

確かに部員数に関しては生徒手帳にも書かれていることだ。

だけど、それは新たに部活を発足する時のルールじゃないだろうか？

今まで神代先生にさえ駄目とは言われていなかったのに、これはいくらなんでもこじつけにしか思えない。

「もちろん一人しかいない部でも、何かしらの成績を出していれば問題はない。しかし、この文芸部に実績などなかったよな？」

よくご存じなことだ。

先生の言う通り、文芸部に実績なんて存在しやしない。

いつも自分たちが書いた小説に対して意見を交わすだけだった部で、コンテストに出すことなんてなかったからだ。

去年でさえそうなんだ、僕一人だけとなっている今の文芸部で何か賞に応募することなんてできるはずもない。

…………仕方ない、諦めよう。

廃部はいくらなんでも酷いとは思うけど、部員が足りていないのは僕の怠慢が招いた結果であり、部室を本来与えられた目的とは違う使い方をしていたのも僕らだ。

それで罰を受けるのは仕方がない。

それに僕がやっていることはただ小説を書いてＷＥＢ小説サイトに載せているだけなのだから、別に部活じゃなくても家でできることだ。

ここで反発をして春風さんが何か罰を受けるよりも、文芸部がなくなったほうがいい。

――そう思ったのだけど、ふと、エロイラストやラノベについて笑顔で語る春風さんの顔が頭を過った。

文芸部がなくなってしまうということは、もう春風さんと関わることがなくなってしまうかもしれない。

そう考えたらなぜか急激に胸が締め付けられる感覚に襲われた。

うん、つまりそういうことなんだ。

僕はここで春風さんとの関係を終わらせたくない。

だったら、やるべきことは一つだ。

「あの――」

廃部を考え直してください。

僕はそう言おうとした。

しかし、僕がそれを言葉にする前に手を繋いでいた春風さんが僕の前に体を出してしまった。

「廃部なんて……そんなの駄目です！」

春風さんは今まで聞いたこともないほどの大きな声を出して、文芸部の廃部に異議を唱えてくれた。

正直彼女が廃部に対して反対してくれるとは思っていなかったので驚いたけど、春風さんも放課後の時間を大切に思ってくれていたのかもしれない。

そう考えると、僕は彼女に背中を後押ししてもらった気持ちになった。

「下口先生、勝手を承知の上でお願いがございます。文芸部は僕にとって大切な場所ですので、廃部を取り消してください。お願いします」

僕は深く頭を下げ、下口先生にお願いをする。

このまますみす文芸部を廃部にされたくはない。

例えどれだけ怒られたとしても、なんとか食い下がってみよう。

僕は不機嫌そうに舌打ちをする下口先生の言葉を待ちながら、ソッと心の中で意思を固めた。

「廃部を取り消してほしい、だと？」

僕と春風さんが反抗したのが気に入らなかったのか、下口先生は人差し指で眼鏡の位置をクイッと調整すると、ほぼ睨んでいるような目を僕たちに向けてきた。

春風さんはそれが怖かったのか、スッと僕の背中へと隠れる。

普段はわざと冷たく演じているだけで、結構気が弱いんだよね、彼女は。

顔だけ僕の背中から出して下口先生を物言いたげに見つめているけど、仔犬が懸命に威嚇しているようにしか見えなかった。

「卑猥な活動しかしていない部を残す必要はない」

下口先生は自分を睨んでいる春風さんの相手をするかどうか悩んだ後、何事もなかったかのように僕の目を見て却下ということを言ってきた。

春風さんを無視したのは触れぬが吉と判断したようだ。

「卑猥な活動だなんて……」

「していないと言うのか？　ん？」

僕が否定をしようとすると、下口先生がペンタブレットの画面を見せつけてきた。

確かにこれを出されると否定はできない。

「むぅ……」

僕の背中では春風さんが不満そうに頬を膨らませている。

自分のイラストが卑猥だという、馬鹿にされるような言い方をされているのが気に入らないんだろう。

クイクイと強く僕の服の袖を引っ張ってきているのは、僕に抗議をしろと言ってきているのかな？

――いや、さすがにエロイラストに関しては何も言えないんだけど。

僕は後ろから不満げに服を引っ張ってくる春風さんと、前から怖い顔で威圧してくる下口先生に挟まれ困ってしまった。

すると、思わぬところから助けの声が聞こえてきた。

「下口先生、安易に卑猥な活動と評されるのはどうかと思います」

そう発言をしたのは、学校で一番怖いと言われている神代先生だった。

「神代先生……？」

さすがのこれには下口先生も驚きを隠せない。

というか、僕も驚きだった。

まさか神代先生が僕たち側に付いてくれるだなんて思わなかったからだ。

「彼らはまじめに部活動をしています。それは顧問である私が保証しますよ」

「しかしですね、神代先生。実際にこういうシロモノが出てきているわけなんですよ。これについてどうご説明をなさいますか？　元々文芸部は部員が一人しかいなかったので廃部にするつもりだったのに、神代先生がどうしてもと言うから残していたのです。それがこの現状ですが……あなたの監督責任でもあるのですよ？」

下口先生も神代先生が怖いのか、若干顔色を窺うような様子を見せながらも春風さんのエロイラストを突き出す。

最後の責めるような言い方は、もしかしたらこの機会に立場を逆転しようとしているのかもしれない。

年齢や役職としての立場では圧倒的に下口先生のほうが上なのに、神代先生の纏う雰囲気がそうさせるのか、それとも彼女の有能さがそう思わせているのか。

そういえば確か、神代先生は日本で一番と言われるT大卒の先生だったか。

だから下口先生にも特別視されているのかもしれない。

……それにしても、まさか神代先生が陰で文芸部のことを庇ってくれていただなんて思わなかった。

今まで廃部の話が上がっているということもされたことがないし、冷たい印象があるからすっぱりと見捨てるような人だと思っていた。

意外と神代先生は優しかったみたいだね。

そりゃあそうか、あの姉さんと仲が良かったんだ。

悪い人のはずがない。

僕は神代先生に心の中で感謝する。

しかし、先生方の会話に口を挟めるはずもなく、ギュッと僕の服の袖を握る春風さんと共に黙って見届けることにした。

とはいえ、正直神代先生のほうが圧倒的に分が悪い。

どんな理由があろうと、十八禁であるエロイラストを高校生が描くことは公に認められない。

それが教師ともなれば余計にだ。

しかし、神代先生には焦った様子が一切なかった。

落ち着き払っており、ジッと下口先生を見つめている。

それだけで下口先生は半歩下がってしまった。

「何事も経験、という言葉があるように、春風さんは今新しい挑戦をしているのです」

「と言いますと……？」

「彼女はそのイラストからわかるように、絵描きとしてとても素晴らしい才能を持っています。ですが、絵描きは技術だけでなく時にはシチュエーションを考えるなどの発想力も必要になります。だからこそ春風さんは、本来なら自分が一生触れることもないような、エロイラストに挑戦をしているのです」

神代先生の言葉を聞き、僕は春風さんに視線を向ける。

しかし、僕の視線に気付いた彼女は先生方に気付かれないよう小さく首を横に振った。

うん、念のため確認したかっただけだけど、やっぱり春風さんはエロイラストを描いていることを神代先生に話していない。

いや、それどころかイラストを描いていること自体話していなかっただろう。

ということは、神代先生は先ほど知ったばかりなのにもかかわらずこんな話を考えたというわけか。

やはり頭の回転が速いのだろう。

「知っていた、ということですか？　それではどうして先ほど生徒たちが来るまでに説明をしてくれなかったのですか？」

「本人たちがいるところで話したほうが話が早いでしょう。それに、私を呼ぶとほぼ同時に彼らを呼び出されてしまったので、説明をする時間もありませんでしたしね」

おそらく下口先生はあのエロイラストを見つけて頭に血が上ってしまい、職員室に戻るなりすぐに神代先生を呼んだのだと思う。

僕らを校内放送で呼んだ声は新人である女教師のものだったので、神代先生を連れて移動する間に呼び出しておくよう指示したんだと想像がついた。

春風さんのことは知っていたみたいだから、文芸部の部員は誰かと神代先生に聞いて僕を呼び出すように指示した感じか。

「確かにそうですが……しかし、それはそうとしてもどうしてこんなものを描くことを止めなかったのですか？　教師としては止めるのが筋でしょう」

下口先生は自分に分が悪いとわかるなりすぐに話の中心を変えた。

「確かに本来ならそうでしょう。ですが、私は彼女の才能に蓋をしたくはありません。それに、彼女に必要だと感じましたので、許すことにしました。実際、プロのイラストレーターとして活動をする方々は、普通のイラストだけでなくエロイラストも多く手掛けますからね」

確かに神代先生の言う通り、イラストレーターさんがＳＮＳで上げている画像を見ればエロイラストがあることは珍しくない。

やはりそちらの需要も一定以上にあるからだろう。

ただ、よくそれを神代先生のような堅物そうな人が知っているな、と思った。

絶対興味がなさそうだし、ラノベすら読まない人に見えるのにね。

「どうしてそんなことを神代先生が知っているのですか？」

同じ疑問を抱いたのか、下口先生は怪訝そうに神代先生の顔を見る。

そんな下口先生に対して、神代先生は一切感情を読み取らせない無表情で驚きの事実を口にした。

「公務員は副業禁止ということで引退をしてしまいましたが、私は大学生時代にプロ作家として活動をしていたからです。その頃には所謂ライトノベルというジャンルの作品を出したこともあります。ですから、そういったプロのイラストレーターの活動に理解があるのです」

神代先生がプロ作家だった、そんなことは僕も知らなかった。

しかしだからか、姉さんがよく神代先生と話していたのは。

「神代先生が作家だった……？　T大に通っていた神代先生が……？」

「何も驚きのことはありません。勉強が全て、その考えは古い物だと私は思います。実際、学生時代に勉強しかやっていなかった人は社会人になってから苦労をし、また、そういう社員に対して嘆く会社側の声もお聞きします。今は一つのことに特化する人間ではなく、両立できる人間が求められる時代になっています。その点を見れば、勉強と絵描きという活動を両立している春風さんはとても素晴らしい生徒だと思いますよ」

どうやら神代先生は防御から攻勢へと切り替えたようだ。

春風さんの活動をくだらないと思っている下口先生の考えを覆そうとしているんだと思う。

下口先生は学力だけで相手を判断するような人であり、そんな考えはもうとっくに古い物だ。

そこに神代先生は勝機を見出している。

そして春風さん。

褒められるのが嬉しいのはわかるけど、そんな力強くグイグイと僕の服の袖を引っ張らないでほしい。

服が破れちゃうよ。

「し、しかしですね、神代先生。折角勉強ができる生徒に、みすみすよそ見をさせるわけにはいかな――」

「勉強とこういった活動は両立できます。実際、去年在籍をしていた笹川君のお姉さん──笹川織姫《おりひめ》さんは、才女と呼ばれるくらいの学力を誇りながら、プロの作家としても活動をしていましたよね？　小説家とイラストレーターという違いはあれど、費やす時間はどちらも多大なものです。ましてや織姫さんは岡山県トップの大学、O大に首席入学しています。それが勉強と活動を両立できる何よりの証拠だと、私は思いますが？」

姉さんは学力だけでなく、文学にも秀でた人だ。

僕が活動している小説サイトで載せていた作品にファンが大量につき、高校時代に出版社から打診を受けてそれからプロ作家になっている。

今現在も、勉強と作家活動を両立していて、どちらでも優秀な成績を残している人だ。

確かにその事実を見れば勉強と活動は両立できる物であり、勉強を理由に春風さんの活動を止めることはできない。

そして、勉強と活動の両立ができれば、勉強だけできるよりも春風さんの価値は上がる。

企業や大学は学力だけでなく、部活動の成績でも学生を評価しているからだ。

ただ、僕が今気になったのはそんなことじゃない。

いつの間にか、神代先生の捲くし立てるような話し方によって、話題がすり替えられていることに気が付いたのだ。

元々は春風さんがエロイラストを描くことが問題視されていたのに、今では春風さんが勉強以外のことをしていることに関して問題があるかどうかの話し合いになっている。

きっとこれは、下口先生が人を学力で判断していることが一番の要因になっているのだろう。結局下口先生は春風さんの学力に価値を見出しており、その妨げとなりそうな障害を除去したかったのだ。

その一因として、彼女が居座り始めた文芸部を排除しておきたかったんだと思える。

「で、ですが、それでは春風さんは何か絵描きとして評価に値する結果を残せているのですか？　そうでないのであれば無駄な活動だと私は思いますが……」

反論の余地を見出せなかったのか、苦しそうにしながら下口先生は酷いことを言い始めた。

結果が全て、確かに部活動なのでよく聞く言葉だ。

しかし、時には結果以上に過程が大事なこともある。

ましてや春風さんの場合は絵描きとしての活動だ。

プロにならない以上、結果としてはわかりづらい物になる。

おそらく下口先生が相手だと、描かれているイラストで技術の高さを説明したりしても無駄だろうしね。

「そ、それに、笹川君のほうはどうなのですか？　成績が優秀な生徒として笹川君の名前を聞いたことはありませんし、そもそも文芸部を廃部にするという話だったはずです。目立った成績を残せておりませんし、こんなことをしている文芸部は必要ないと私は思いますね」

いらないことを思い出すな……と思ったけど、どうせ後から思い出した時に掘り返されることだ。

今ここであげられたのは、神代先生が味方についているこの状況ならむしろよかったかもしれない。

それだけ味方についてくれた神代先生は頼もしかった。

「わかりました、それでは結果で彼らの活動が意味ある物だと示しましょう」

神代先生は下口先生のその言葉を待っていたのか、珍しくもニヤッと笑みを浮かべた後、パンッと手を叩いて結果で示すと答えた。

もう既に彼女の中でシナリオは出来上がっていたようだ。

「丁度今年から六月の半ば頃に、大きな同人誌即売会が開かれることになっております。小説だけでなくコミックなども売り出されますが、知り合いから出店枠が余っているから誰か紹介してほしいと頼まれていますので、笹川君たちの作品をそこで出店致しましょう」

「出店……そこでいったい何冊売れたら、結果を出したことにするつもりですか？」

「百冊でいきましょう」

「たった百冊ですか……？」

「言っておきますが、夏と冬に開かれる日本最大級の同人誌即売会で、壁サークル——所謂人気グループも多く参加する予定の催しです。ましてや同人誌即売会など、知名度がなければ一、二冊しか売れないことだって珍しくありませんし、何より漫画に混ざって小説を出すのはハンデを抱えているような物で、正直言えば一冊も売れない可能性だってあります。そんな中で、初めて作品を出す素人の小説が百冊も売れる——これは相当な快挙ですよ？」

百冊を馬鹿にしたような発言をした下口先生に対し、若干怒りの色を瞳に宿しながら神代先生が捲くし立てる。

この先生、クールで真面目そうに見えてかなりのオタクな気がするのは僕だけだろうか？

少なくともオタク特有の、自分が好きな物を馬鹿にされるのは許されないという気持ちが見えた。

「わ、わかりました！　それでは百冊！　その即売会で百冊以上売れれば文芸部の廃部は取り消しましょう！」

神代先生の雰囲気に押された下口先生は、焦ったように大声を出して神代先生の出した条件を呑んだ。

そしてそのまますぐに進路指導室を出て行く。

どうやら下口先生は自分より下だと思った人間には凄く威圧的なのに、自分より上だと思った存在にはかなり弱いようだ。

典型的な男だな、と心の中でだけ呟いておいた。

まぁそれはそうと、話が纏まったところで悪いのだけど――六月半ばということは約一ヵ月半後というわけだ。

……いや、うん、きつすぎない？

紙の本にするのだとしたら、締め切りはもっと早くしないと印刷所に本は刷ってもらえないだろう。

同人誌即売会だから一般的なラノベの十万文字ほどは話を書かなくてもいいのだとは思うけど、それにしてもある程度の文字数は必要なはず。

ましてや、そこにイラストを付けないといけない以上春風さんがイラストを描けるようにもっと早く話は作らないといけない。

そんなことが僕にできるのか？

今まで締め切りなんて意識をしてこなかったから、スケジュール感がわからない。

そもそも締め切りなんて物が存在しなかったのだから当たり前だ。

ましてや百冊も売れる本なんて書けるのかな？

僕のブックマーク登録人数なんて十人未満だし、そのうちは神代先生や去年卒業した三年生が入っている。

その人たちを抜いたら二、三人じゃないだろうか。

いくら春風さんのイラストがあるからって――いや、表紙絵がよければとりあえずは買ってもらえるのかな？

でも、漫画と一緒に売られる上に、日本最大の同人誌即売会で壁サークルになれるようなサークルが出てくるなんて、僕たちは見向きもされないんじゃ……。

いやいや、そもそもこの自由人な春風さんが協力してくれるのかな？

描けないと言って断るんじゃ――。

「――君、笹川君、笹川君！」

「――っ!?」

「大丈夫？　顔色が真っ青よ……？」

声に驚いて我に返ると、春風さんにとても心配そうな表情で顔を覗きこまれていた。

どうやら僕は絶望的な展開に考え込んでいたらしい。

「う、うん、大丈夫だよ」

とりあえず心配させてしまっているので強がっておく。

だけど内心は全然大丈夫じゃなかった。

窮地を脱出できたと思ったけど、全然脱出できていない。

ただ問題を先伸ばしにしただけだ。

どうして神代先生はこんな部数を提案したんだろう？

せめて半分の五十冊でよかったんじゃないのかな？

……いや、うん、それでも絶望的な数には変わりないのだけど。

パッと見は半分の数になっているけど、そもそも売れなければ関係ない。

運よく一、二冊は売れるかもしれないけれど、そんなの焼け石に水みたいなもんだしね。

「何をそんなに深刻そうな顔をしているのですか？」

僕が再び考え込み始めると、普段の春風さんと変わらないくらいの素っ気ない表情をした神代先生が僕の顔を見つめてくる。

心配そうに僕の顔を見つめてくれている春風さんのほうが今は優しく見えるかもしれない。

「神代先生、思っていることを遠慮なくおっしゃってください。正直僕は百冊なんて無理だと思っているのですが、先生はどのようにお考えなのでしょうか？」

僕は思っていることを神代先生に伝えながら、先生の考えを尋ねてみる。

神代先生だって同人誌即売会で百冊売ることがどれだけ厳しいかわかっているはずなのに、どうしてこんな部数を提案したのかを教えてほしかった。

「心配はいりません、勝算があるからこその提案ですからね。春風さんのこの画力、私が知るプロのイラストレーターたちと遜色ない実力を持っていると思いますよ。これで表紙絵や挿絵が付くのであれば、百冊を売ることは無理ではない数字だと私は思います」

そう言う神代先生の瞳からは確かな自信が窺えた。

春風さんのイラストが素晴らしいことには凄く同感だ。

彼女の実力は本当に学生とは思えないほどに飛び抜けている。

ということは、今回のことは完全に彼女頼りというわけだ。

実力がある者に頼らないといけない、そんなことはとっくにわかっている。

でも、文芸部を守るために行わないといけないのに、文芸部じゃない——しかも、女の子に頼らないといけない自分が情けなく感じた。

何より、僕は期待されていないことにショックを受けている。

「春風さん、イラストを描いてくださいますね？」

「はい、もちろんです」

ヒッソリと落ち込む僕の横では、神代先生の言葉に笑顔で春風さんが頷いていた。

一瞬不安要素に上がったことは取り越し苦労だったようだ。

彼女がイラストを描いてくれるなら希望はあるだろう。

後は僕が中身を作ればいいだけか。

……せめて、苦情が入らないくらいの内容にはしないとね。

「では後は話のほうですが、期待していますよ、笹川君」

「えっ？」

てっきりあってもなくてもほとんど変わらない物だと思われている。

そう思っていたから、神代先生の言葉が意外で思わず声が漏れてしまった。

「何を驚いたような顔をしているのですか？　あなたが読者を楽しませる話を書くのですよ？」

「えっ、いや、でも……春風さんのイラストがあれば、内容なんて悪くてもノルマは達成できるんじゃ……」

「笹川君、本気で言っていますか？」

取り繕うように出てしまった言葉。

それに対して神代先生が真剣な表情で僕の顔を見つめてきた。

その表情からは怒っているというのがわかる。

「あっ、えっと……」

「作品を出す以上読者に楽しんでもらう内容にする。それは創作をする人間に与えられた義務です。あなたが自己満足で小説を書くだけなら、そんなことは言いません。ですが、これから本を売ろうとしているのです。もし内容なんてどうでもよくて、売れさえすればいいと考えているのなら――今すぐに、その考えを改めなさい」

決して怒鳴っているわけではない。

静かに、悟らせるような言い方にも思える声だった。

だけど神代先生の言葉は、怒鳴られるよりも重く僕の胸へとのしかかった。

神代先生が言っていることは正しくて、拗ねたような僕の考え方が完全に間違えている。

正直ぐぅの音も出ない。

「それにあなたはこの部活を守りたいのでしょう？　私はあなたがこの部活に関してどう考えているのかを知るために下口先生とのやりとりを見届けていましたが、この部活を大切にしたいと思っているのが伝わってきたので口出しをしたのです。しかし私ができる手助けはここまでであり、現状では春風さんの力で百冊は無理ではない数字になっていますが、確実な物にするにはあなたの力が必要不可欠なのですよ？」

どうやら神代先生は僕のことを試していたらしい。

そして僕がこの部活を廃部にして欲しくないと口にしたからこそ、先生はあんなふうに下口先生から庇ってくれたようだ。

神代先生の気持ちに思わず涙が出そうになるくらい僕の胸は熱くなる。

しかし、それがよりプレッシャーになり、先ほど拗ねたような考え方をしてしまったこともあって僕は不安に駆られてしまった。

正直に言って期待に応えられる自信がないのだ。

折角神代先生が庇ってくれたのに、僕のせいで全てを駄目にしてしまうかもしれない。

そしてそのせいで神代先生に恥をかかせてしまうかもしれない――そう考えると、急にとても怖くなってきた。

だけど、そんなことを考えている僕に対して神代先生はなぜか笑みを浮かべた。

「そんなに不安そうな表情をしなくても大丈夫です。春風さんの才能が素晴らしいように、笹川君の才能も素晴らしいと私は思っていますから」

そんなわけがない。

そう思ったのだけど、神代先生の優しい笑顔を見ると、ただ励ますように嘘を付いているようには見えなかった。

どうしてそう感じたのかはわからない。

ただ単に、そう思い込みたかっただけなのかもしれない。

だけど、不思議と心が穏やかになった。

しかし――。

「むぅ……！」

なぜか、頬を膨らませた春風さんに服の袖ではなく腕を引っ張られてしまった。

「は、春風さん？　どうしたの？」

急に腕を引っ張られたものだから、僕は戸惑いながら春風さんに声をかける。

しかし春風さんは僕の顔を見ていなくて、頬を膨らませて神代先生を睨んでいた。

この子は命知らずか!?

そう思った僕は、急いで庇うように春風さんを背中に隠した。

才能のない僕と同格に扱われたのが嫌だったのはわかるけど、まさかそこまで拗ねた態度を見せなくてもいいのに。

神代先生に喧嘩を売るのは本当にやめておくべきだ。

「せ、先生、僕に春風さんと同格くらいの才能があるわけがありませんよ」

春風さんの態度に少々驚いた表情をしていた神代先生に対して、僕は笑顔を作りながら春風さんが拗ねている部分のフォローをする。

どうして僕ばかりこんな損な役が回ってくるのかと思ったのだけど、きっと春風さんと付き合っていく以上これは仕方がないのだろう。

もうそこは諦めたほうが良さそうだ。

しかし、神代先生はまたもや珍しく優しい笑みを浮かべる。

「ふふ、そうですか、そこまでいっていましたか」

何がどこまでいっているのかよくわからないけど、なんだかとても機嫌が良さそうだ。

まるで微笑ましい物でも見るかのような目を僕や春風さんに向けてきている。

神代先生の笑顔を見たのは多分今日が初めてだけど、美人が微笑むと魅力が数倍に増すんだなってことを知った。

ただ、何が不満だったのか余計に春風さんは頬を膨らませて僕の腕を抱き込んだ。

……ちなみに、その際に柔らかい感触が僕の腕に当たることはなかった。

「確かに笹川君の文章力は皆無に等しいです」

そしてなぜか唐突に始まる駄目だし。

いや、確かに文章力に自信はないのだけど……皆無ですか。

さすがに一年以上活動していただけにこれはこたえる。

「ましてやタイトル決めのセンスも最悪です」

うん、だからどうして駄目だしされているんだろう？

タイトルあれで駄目なの？

いいと思ったのにな……。

「ですが、キャラのやりとりや、話の内容は不思議な魅力があります。文章力に関しては努力で身に付きますが、話作りはセンスです。そして私は、あなたの小説を読んで話作りのセンスがずば抜けていると思っていましたよ」

神代先生は落としてから上げるという、なんというか指導者に向いていそうな手法で僕のことを褒めてきた。

今まで一度も褒められたことなんてなかったのに、まさかそこまで買ってくれていたとは思わなかった。

だったらもっと褒めてくれてもよかったのに。

たまに感想を言ってくれたと思っても素っ気なかったからね。

ましてや僕から聞かない限りアドバイスとかはしてもらえないし、正直見放されているとすら思っていた。

「そこまで言ってもらえて嬉しいです……」

「わかってもらえて何よりです。まぁですが、これは怒ってもいるんですけどね」

「えっ……？」

てっきり褒めてもらえたとばかり思っていたのに、なぜか最後に水を差されてしまった。

というか笑顔で僕の肩を掴んできたんだけど、今からいったい何をされるんだろう？

せめて笑顔で怒るのだけはやめてほしいんだけど……。

「言いましたよね、文章力は努力で身に付くと。それなのにどうして笹川君は文章力が皆無なのでしょうか？」

「あっ……」

そうか、そういうことか。

つまり先ほどの褒め言葉には嫌味が入っていたわけだ。

文章力がない僕は、今まで努力してこなかっただろうと言われているらしい。

確かに結構好き放題書くだけで、文章の書き方とかはほとんど意識しなかった。

意識せずにやっていれば当然身に付くことや伸びることはない。

もちろん正確には少しくらい上達するだろうけど、そんなのたかが知れている。

神代先生は僕が努力をしていないことに関して注意をしてきているようだ。

「去年の三年生たちは随分と笹川君のことを甘やかしていましたし、私も目を瞑ってきましたが――作品を売りに出すなら話は別です。残りの時間、文章力を上げるには十分すぎるほど時間がありますよね？」

ニコッととても素敵な笑顔を見せる神代先生。

きっとこの笑顔を普段からしていれば引っ切りなしにいろんなところからお誘いがきていたことだろう。

少なくとも、この学校にいる多くの生徒は彼女に心を奪われそうだ。

――しかし、今の僕はその笑顔に恐怖しか感じなかった。

残り一ヵ月あるかどうかわからないのに、この先生は僕の文章力を引き上げると言っているのだ。

つまり、どれだけ詰め込まれるかわかったもんじゃない。

「え、えっと、話のほうも考えないといけませんので、文章力アップだけに時間を使うわけにはいかないかと……」

このままではとんでもないことになりそうだ、そう勘が告げていた僕はおそるおそる逃げ道を探る。

しかし、逃げ道は思わぬ方向から塞がれてしまった。

「『銀髪クーデレ美少女は今日もかわいい』を出せばいい」

そう口にしたのは、頬をパンパンに膨らませて僕たちを睨む春風さん。

ギュッと僕の腕を抱きしめているのだけど、なんだかさっきよりも力が強くなっている気がした。

というか、ちょっと痛い。

「いや、あれは全然受けてないから駄目だよ」

無料小説サイトでブックマーク数が十人もいってない作品は出したら駄目だろう。

そう思って言ったのだけど、ご機嫌斜めな春風さんは不満そうに首を横に振る。

「あれはタイトルが悪すぎるのと、文章力がないせいでほとんど内容も読まずに切る読者が多いせい。手直しをすればきっと人気作になる」

どうやら春風さんは神代先生と同じようで、僕の作る話のことを評価してくれていたようだ。

……そして、タイトル決めのセンスがないことや、文章力がないことも同意らしい。

いや、そもそも彼女って僕の小説をほとんど読んだことがなかったんじゃないのかな？

一回だけ僕が神代先生と席を外した時に読まれていたことはあるけれど、あの時間ならたかが知れているはずだ。

それなのにどうしてこんなことを言ってくるんだろう？

「春風さんって僕の小説をあまり読んだことないんじゃないの？」

「…………これ」

疑問に思った僕が尋ねてみると、何かを凄く悩んだ後、春風さんは自分のスマホを操作して画面を僕に見せてきた。

それは、僕たちが使っている小説サイトのマイページだった。

そしてそこには春風さんがブックマーク登録をしている作品の名前が載っていて、なぜか物凄く見覚えがあるタイトルがあった。

――そう、僕が書いている『銀髪クーデレ美少女は今日もかわいい』というタイトル名だ。

春風さんに作品のことを知られた時からブックマーク数は増えていない。

ということは、彼女は元々僕の作品をブックマーク登録してくれていたってこと？

「春風さん、僕の読者だったの？」

コクッ――。

僕がした質問に対して、春風さんは小さく頷く。

そういえば彼女が文芸部の部室に居座り始めた頃、僕の作品のタイトルを一度見る機会があってその時驚いた声を出していた。

あれは、自分が読んでいた作品だから声を上げたということか。

うわ、ということは僕の妄想じみた内容を全て春風さんに読まれていたってこと？

しかもこの子案外抜けているくせに、僕の小説なんて興味ないふりをしてシレッと僕の隣にいたのか。

うすうすポンコツだと思っていた春風さんは、見た目通り抜け目がなかったらしい。

それはそうと、僕はこれからいったいどんな顔をして彼女の隣にいればいいのか。

普通に考えて、僕が春風さんをモデルにしていたことは気付かれているんじゃないのかな？

どうしよう、今すぐにここから立ち去りたい。

僕は顔が熱くなるのを感じながらこの場を離れようとする。

しかし、春風さんが僕の腕を放してくれなかった。

「私はこの作品が凄く好き。だから、これを直せば絶対に人気が出ると確信してる」

「春風さん……」

春風さんは自分がモデルにされていることに気が付いていないのか、僕の作品のことを推してくれているらしい。

それはとても意外で、同時に嬉しくもあった。

やはり誰だって、自分の作品を推してもらえたら嬉しい物だ。

「ね、あの作品を出したらいいと思う。――うぅん、あの作品を出してほしい。そして、私にイラストを付けさせて」

春風さんは一度僕の腕を離すと、両手で僕の両手をギュッと握ってきた。

そして上目遣いで僕の目を見つめてくる。

まさか僕が女の子にこんなことをされる日が来るだなんて夢にも思わなかった。

ましてや相手は学校で一番人気の春風さんで、数週間前までなら関わりもしなかったような女の子だ。

　僕は本当に今夢を見ているんじゃないだろうか？

「私も春風さんの意見に賛成です。他の子たちが甘やかすものだから私は言いませんでしたが、私もあなたのその作品のファンですよ」

「神代先生……」

　いったいどうしたというのか、今日の神代先生はとても優しい。

　いつもの数倍の温かさがあり、なんだか先生というよりも大人のお姉さんという感じだ。

　こんなふうに笑みを浮かべていれば本当に大人気だったろうに、もったいないなぁ。

　――そんなことを考えていると、ふと背筋が凍るような感覚に襲われた。

　そして何か嫌な感じの雰囲気を感じてそちらを見ると、春風さんが凄く物言いたげな目を僕に向けている。

　というか、最早睨まれているような目つきだ。

「えっと……？」

「笹川君の、ばか」

「えぇ、どうしたの……？」

　先ほどまで笑顔を向けてくれていたのに、急に頬を膨らませてこちらを睨む春風さんに僕は戸惑ってしまう。

　なんだかまた僕の腕を抱き始め、ギュッと自分に押しつけるようなことをしているし、本当どうしたんだ？

「知らない」

「なんで怒ってるの……？」

「笹川君がばかだから」

「そんな理不尽な……」

よくわからないけど、本当に春風さんは怒ってしまっているらしい。

正直言えば腕を抱かれているのはかなり嬉しいのだけど、こうも拗ねられているんじゃあ喜んでばかりもいられない。

どうにか機嫌を直してほしいのに、春風さんは理由を話してくれないし。

僕はどうにか春風さんのご機嫌がとれないか謝ってみるけど、頬を膨らませた春風さんは全然許してくれなかった。

終いにはプイッとソッポを向いてしまう始末だ。

駄目だ、手に負えない。

そんなふうに僕が困っている横では、何かを観察するように僕たちを神代先生が見ているのが視界に入る。

そして――。

「先ほどから気が付いていても指摘をしないなんて、女の子顔負けのかわいらしい顔をしていながら笹川君はムッツリですね」と、神代先生が呟いたのが僕の耳に入ってきて、僕は余計に顔が熱くなるのだった。

——結局その後は、拗ねてしまった春風さんに右手を拘束されたまま、僕は神代先生と今後の打ち合わせをすることになった。

てっきり買ってくれた人のためにいい小説を書けるようにするだけで、宣伝自体には僕の小説は使われないと思っていたのだけど、神代先生は僕の小説も宣伝に使うつもりらしい。

というのも、僕の作品はブックマークがほとんどついていないため、ちょっとしたきっかけで一気にブックマーク数を取ることができれば、それだけでランキングを駆け上がれるらしい。

それで注目を集められるようになれば、今度行われる同人誌即売会に出品する旨と、更なる修正を加える旨。

そしてイラストが付く旨を伝えるだけで、ファンの中から買ってくれる人が出てくるという狙いらしい。

ただ、春風さんがイラストを付けてくれることに関しては、締め切りまでの日数を考えると厳しい物になる。

しかもよくよく考えれば春風さんは普通のイラストが書けなかったはずだ。

それなのに締め切りまでに描くことなんてできるのかな？

その答えが気になった僕が尋ねてみると、春風さんは『大丈夫、頑張る』とコクコクと頷いてくれた。

どうやらやる気は十分らしい。

前にエロイラストしか描けないのはモチベーションが上がらないからと言っていたけれど、これなら問題はなさそうと見ていいのかもしれないな。

何より彼女が描いてくれないと下口先生との約束も果たせないんだから、彼女が自分から描くと言ってくれている以上信頼して任せよう。

そんな感じで、僕たちは約一ヵ月半後に行われる同人誌即売会へと向けてスタートした。

やはり神代先生は神代先生だったというのか、文章力を上げる特訓はとても厳しい。

スパルタと言っても過言じゃないくらいチェックは厳しく、そして変な表現の仕方をするとめちゃくちゃ怒られる。

だけどそのおかげで、みるみるうちに自分の腕が上達していることがわかった。

ただ厳しくしているのではなく、僕のためを思ってアドバイスしてくれるからこそ、僕の腕は上がっているんだろう。

それに先生は部費では足りないからとのことで、本の印刷費は肩代わりしてくれると言い、しかも売り上げからかかった費用を引いて残った分は全て部費にしていいと言ってくれた。

部費が増えればラノベとかも資料として買えるし、僕も春風さんも素直に嬉しい。

それだけでもとても有難かったのに、先生は当日会場に車で乗せていってくれると言ってくれた。

今まで怖い先生だと思っていたのが嘘かのように優しい人だ。

神代先生が顧問で心からよかったと思う。

それに、家では状況を知った姉さんが文章力アップの特訓を見てくれている。

プロだった人とプロの人に直接教えてもらえる僕は幸せ者だ。

特に姉さんはとても優しい人なため、本当に丁寧に教えてくれた。

SNSを使っての宣伝の仕方も教えてくれたので、そのおかげでファンも増えたのだろう。

おかげで直し中の小説作品はみるみるうちにランキングを駆け上り、もうすぐ表紙と呼ばれる五位以内に入りそうだった。

もらう感想も『面白い』とか、『かわいい』、『尊い』など、褒め言葉ばかりで、何より今までと違って感想がたくさんもらえている。

これはかなり僕のモチベーションへと繋がっていた。

自分が書いた作品を褒めてもらえることはやっぱり嬉しいからね。

春風さんがちやほやされるためにイラストを描いているという気持ちがわかった気がした。

正直順調すぎるとも言えるくらいに、僕のほうは上手くいっている。

神代先生も姉さんも僕の小説を読んでとても面白いと言ってくれているくらいだ。

……まぁただ、二人が一番いいと言ってくれている部分は、文章力が上がったところじゃなくてメインヒロインの魅力が数段よくなっているところらしい。

僕と春風さんの関係を知る神代先生は僕に生暖かい目を向けてくるし、姉さんは姉さんで『彼女ができたの？』とか色々と聞いてきた。

本当こういうことになると女の人は喰いついちゃうよね。

その話をされる度に僕は居心地が悪くて仕方がない。

まぁそれはそうと、これなら本当に百冊だって売れるかもしれない。

それぐらい本当に僕は順調だった。

——しかし、そんなふうに考えたのがよくなかったのか、問題は僕が気付いていないだけでとっくに起きていた。

最終章　クール美少女は本当はただのかわいい女の子

「春風さん、調子はどう？」

あれから三週間ほど経った頃、僕は隣でイラストを描いている春風さんになにげなしに話しかけてみた。

今までは進捗具合を聞いても『できた時のお楽しみ』ということで見せてくれなかったけれど、そろそろ印刷所にお願いしないといけない日も近付いてきたため教えてほしい。

そう思ったぐらいだったのに、僕が声をかけた瞬間春風さんの体はビクッと大きく跳ねた。

まるで都合が悪いことを聞かれて動揺したかのような反応だ。

そして春風さんは俯いてしまい、両手を膝の上に下ろして握り拳を作った。

これはもしかして……。

「まさか、全然できていない？」

コクッ――。

春風さんは僕の質問に対して小さく頷いた。

「えっと、何枚描けているの？」

僕が尋ねると、春風さんは小さく首を横に振る。

つまり一枚も描けていないというわけだ。

さすがにこれには僕も絶句する。

三週間もあって一枚も描けていないなんて思いもしなかった。

順調だという言葉を信じていた僕も僕だけど、春風さんはどうして正直に言ってくれなかったのか。

もっと早く言ってくれていればまだ手は打てたかもしれないのに、残り日数が少なくなった今ではもう遅い。

いったいどうすればいいのか。

状況のまずさを理解した僕は春風さんへと視線を向け直す。

春風さんは俯いたまま顔を上げようとはしない。

怒られるということがわかっているのだろう。

仕方ない、できていない物は今更怒ったってできるわけじゃないんだ。

それよりもこれからどうするかを考えないと。

「どうして描けないの？　やっぱり、いつも描いているようなイラストじゃないと描けない？」

乗った時の春風さんのイラストを描くスピードはかなり速い。

だけど、彼女はエロイラストじゃないと描けないと昔言ったことがあった。

今回は大丈夫って言っていたのだけど、やはりエロイラストじゃないと描けなかったんじゃないだろうか。

しかし、春風さんはギュッと握り拳を作りながら、首を左右に振った。

「わかんない……」

「わかんないって……」

「描けると思ってたの。だって、私この作品が本当に好きで、シーンなんかも今まで何回も思い浮かべてきたんだから。でも……いざ描こうとすると、なんでかわからないけど、白いモヤが脳内にかかってイメージが消えちゃうの……。ごめんなさい……」

春風さんは謝ると、深く頭を下げてきた。

そして床にポツポツと雫が春風さんから落ち始める。

その様子を見て彼女が泣いているんだってことがすぐにわかった。

「春風さん、大丈夫だよ。まだ日は残っているんだし、挿絵の枚数も減らすことができるから、泣かないで大丈夫だよ」

僕はなるべく優しい声を意識し、どうにか励まそうと声をかける。

正直日程はかなりきついだろうけど、最悪表紙だけでもいい。

そう考えるとまだ時間は残されていた。

だけど春風さんはぐすぐすと鼻を鳴らすだけで、全然泣きやんでくれない。

その姿を見て僕は胸が締め付けられる感覚に襲われる。

春風さんの泣いている姿なんて見たくない。

確かに今回は彼女のせいでこんなことになっているけれど、春風さんがわざと一枚も描かなかったというわけじゃない。

描こうと頑張っていたけれど、描けなかったのだから責めるわけにはいかないんだ。

……まぁちゃんと報告はしてほしかったけどね。

春風さんの泣き顔を見たくなかった僕は、どう彼女を慰めようかと悩み始める。

そして一つ、こういう時にするといいと昔姉さんから教わった慰め方を思い出した。

早速僕はその慰め方をしようと、春風さんの頭に向けてゆっくりと手を伸ばす。

そう、いわゆる頭なでなでだ。

姉さん曰く、女の子でこれをされて嬉しくない人はいないんだとか。

もし女の子を泣かせてしまった時がきたら、こうすればいいのって教えてくれたもんだ。

「大丈夫、大丈夫。これからどうしようか、神代先生を交えてちゃんと話そうよ」

「う、うん……」

僕が笑顔を向けると、彼女は真っ白な肌を真っ赤へと変えてコクコクと頷いた。

なんだか急にしおらしくなっているけれど、いったいどうしたんだろう？

いや、今はそんなことを気にしている場合じゃないか。

僕は春風さんの様子が気になったんだけど、今はとにかく神代先生に事態の報告をしないといけない。

だから不自然にくっついてくる春風さんに少しドキドキしながらも、僕は春風さんとともに文芸部の部室を出た。

「――ふざけないでください！」

神代先生のもとに向かった結果、初めて神代先生に怒鳴られてしまった。

この人は怖いけど、今まで怒鳴ったところは見たことがない。

静かに怒る、そういった人だ。

普段大声を出さない神代先生が怒鳴ったもんだから、職員室にいる先生方みんなが僕たちに注目をする。

なんだなんだ、と野次馬精神豊富な様子だった。

神代先生はコホンッと息を吐くと、場所を移すという意味あいで僕らに付いてこいとジェスチャーをした。

春風さんは怒鳴られたのが怖かったのか僕の背中に隠れてしまっており、更に怒られるのがわかっているため行きたくないとブンブン首を横に振る。

でもここで行かないと絶対に後でもっと怒られるため、僕は嫌がる彼女の手を引いて神代先生の後を追いかけた。

「それで、いったいどういうことですか？」

普段にも増してお怒りの様子を見せる神代先生。

彼女の視界には僕なんて存在せず、ジッと僕の後ろに隠れて顔だけを覗かす春風さんの顔を見据えていた。

僕は第三者的な扱いになってしまっているため、美人が怒るとどうしてこうも怖いんだろうと考えてしまう。

しかし、春風さんは怯えてしまっていて説明できそうにないので、僕は代わりに説明をすることにした。

「描こうとするとイメージが頭から消えて描けなくなるらしいんです」

「どうして笹川君が答えるのですか。今私は春風さんに聞いています。君は少々過保護すぎますよ」

よかれと思って答えたのだけど、思いっ切り怒られてしまった。

「春風さん、どうしてここまで話してくれなかったのですか？」

神代先生は再び僕から春風さんへと矛先を戻し、ジッと彼女の顔を見つめる。

それに合わせて春風さんが僕の服の袖をギュッと握ってきたんだけど、本当にこの子は怒られるとなると弱いと思う。

優等生だし、今まで怒られたことがほとんどなかったのかもしれない。

だからここまで怯えてしまうんだろう。

「怒られると思って……」

もう怒られるのは避けられないと思ったのか、春風さんは小さな声で正直に答えた。

だけど、その答えを聞いて神代先生は余計に怒ってしまう。

「あなたは小学生ですか！」

「ひうっ――！」

「納期を守る、それは人として当たり前のことであり、イラストレーターとして活動するなら納期の一つも守れなくてどうするのですか!?　ましてや怒られるのが嫌だからと報告しない人がありますか！」

怯えて僕の背中に隠れた春風さんに対して、神代先生が大声を上げてしまう。

僕の後ろに隠れられているのだからもう僕が怒鳴られているようなものだ。

よほど今回の件は先生の中で許せない物だったらしい。

しかし、春風さんが怯えきってしまっているのを見て、神代先生はふと我に返ったように咳払いをする。

そして、極めて優しい声を出した。

「まぁ、いろんなことが重なって守れないこともあるのは確かです。ですから、そういう時はちゃんと相手に報告しないといけないのですよ？　ある程度なら納期は延ばしてもらえますから」

やはり、神代先生の根は優しいんだろう。

怯えてしまっている春風さんに対して今度は優しくたしなめるような言い方で注意をした。

それにより春風さんもまた少しだけ僕の背中から顔を出す。

まるで小動物のような子だ。

「ごめんなさい……」

そして、春風さんはシュンとしながらもちゃんと頭を下げた。

普段の春風さんを見ているとプライドの塊のような子に見えるけれど、本当は優しくて素直でいい子だ。

だから自分が悪いとわかっていればこういうふうに謝ることができる。

……………まぁ、彼女がエロ写真を撮っている時に何度も巻き込まれた僕は、一度も謝られたことがないけどね。

むしろ怒られることのほうが多い気がする。

とまぁそんなことはさておき、春風さんが反省した様子を見せたため神代先生もこれ以上は怒る気はなさそうだ。

「わかっていただければいいのです。それで笹川君、これからいったいどうしますか？」

プロジェクトと考えるなら、既に半分終わりかけているこの状況で神代先生は僕にどう対応するかを聞いてきた。

これは神代先生に案がないとか、ただ責任をなすりつけられたというわけではないだろう。

今回のことは僕が主導で進めないといけないのと、こういった事態は今後社会人になってからも起きるためその対応力をつけさせたいのかもしれない。

しかし、どうしたらいいんだろう？

春風さんが描けないという以上代役を立てるしかないけど、そうなると春風さんの活動が無意味じゃないと下口先生に証明することができない。

それに残りの納期を考えると依頼を引き受けてくれるような人もいないと思う。

納期さえあれば、お金次第で神代先生のつてでお願いできたかもしれないけどね。

「春風さんは、一応イラストを描きたいって気持ちはまだあるのかな？」

まず一番大切なのは春風さんの気持ちだ。

そう考えた僕は率直に彼女に聞いてみる。

すると春風さんはコクコクと一生懸命に頷き、描きたいと主張をした。

だったらどうして描かないのですか、と神代先生が小さく呟いたけど、描きたいのと描けないのとではまた違う。

春風さんは描けなくて泣いていたし、今苦しんでいるのは彼女だ。

そしてそれでも描くと言ってくれているのだから、僕はその気持ちを尊重したい。

「まずは挿絵の枚数を減らすのは確定ですね。当初は十枚予定でしたが、半分――いや、三分の一の三枚でいきましょう」

同人誌で出される小説にはイラストが付いていないことも多いと聞く。

それだったら三枚でも十分だろう。

だけど、これには春風さんが反発した。

「そんな、少ないよ……！　五枚くらいなら描ける……！」

「本当に描けるのですか？　三週間あってまだあなたは一枚も描けていないのですよね？　あなたが見栄を張ってできなかった時、笹川君の頑張りすらも無駄にするのですよ？　どれだけ彼が頑張って文章力を伸ばしたか、あなたは隣で見てきましたよね？」

神代先生は一応優しい声ではあるけれど、厳しい言葉で春風さんに尋ねる。

この様子を見るに、もしかしたら先生は僕が頑張っていたのにその頑張りを無駄にすることを春風さんがしたから、あんなにも怒ったのかもしれない。

意外と目をかけてもらえているのかな、僕は。

「…………」

神代先生に指摘された春風さんはシュンとして黙り込んでしまった。

普段なら描けると言い張りそうだけど、今回は既にやらかしてしまっているため強く出られないんだろう。

だけど先ほどの言葉は彼女の気持ちを表していて、このシュンとした表情も、神代先生に描いたら駄目と言われていると捉えて落ち込んだのだとわかる。

別に神代先生は五枚も描いたら駄目だとは言っていない。

ただ、できるかどうかの確認をしただけだ。

だけど今しがた春風さんが黙りこんでしまったことできっと、春風さんは見栄を張っただけだと神代先生は捉えただろう。

しかし、彼女が乗っている時の描くスピードが速いことと、その作品のクオリティの高さを僕は知っている。

もし彼女を乗せることができれば絶対に作品がいい方向に進む確信があった。

だから僕はリスクを最小限にしながらある提案をする。

「でしたら、優先度の高いイラストを三枚まず仕上げてもらい、まだ余裕がありそうであれば五枚描いていただくという形でどうでしょうか？　これならもし三枚しか描けなくても痛手にはならないと思います」

「笹川君……！」

僕の提案を聞き、嬉しそうに表情を明るくする春風さん。

やっぱり五枚描きたかったようだ。

彼女の嬉しそうな表情を見れただけで僕は提案してよかったと思う。

「全く、笹川君はつくづく春風さんに甘いようですね」

神代先生には僕の提案が甘いと思われたようで、苦笑をされながら溜息をつかれてしまった。

だけど、僕の顔を見る先生の目はとても優しい目をしている。

文句を言いながらも僕の気持ちを受け入れてくれているようだ。

「後はイラストのほうなんですが——うまくいくかはわかりませんが、一つだけ手は思いつきました」

ふと思ったことがあった。

春風さんはイラストを描こうとすると頭に白いモヤがかかったようになって、イラストのイメージがなくなり描けなくなると言っている。

だったら、模写ならどうだろう？

もちろん、二次元キャラのイラストにしてもらう必要はあるけれど、大体のイメージさえあれば描ける可能性があると思った。

僕の思い付きはそのイメージになる物を用意するということだ。

「お任せしても大丈夫なのでしょうか？」

「はい。あっ、でも……春風さん、今日から時間を僕にもらえないかな？」

僕は神代先生に頷いた後、春風さんに時間を割いてもらうようにお願いする。

この思い付きは春風さんの協力が必要不可欠というか、彼女がいなければ始まらないからだ。

「えっと、どういうこと？」

状況がうまく呑み込めていないのか、春風さんは不思議そうに僕の顔を見上げる。

「そうだね、とりあえずこの後何も用事がなければちょっと遊びにいかない？」

「えっ!?　あ、遊びに!?」

「うん……予定でもあったかな？」

「うぅん、大丈夫……！　うん、いける……！」

ちょっと反応が変だったから予定でもあるのかな、と思ったんだけど、どうやら予定はなかったらしい。

むしろ一生懸命頷いているから遊びに行きたかったようだ。

あまり自分から遊びに行くような子には見えないし、元から興味があったのかもしれない。

乗り気じゃないより乗り気なほうが絶対にいいため、春風さんが頷いてくれてよかった。

「――全く、この子は……」

しかし、春風さんとは逆に神代先生は頭が痛そうに手で押さえて溜息をついていた。

この子、と言っているけれど、それは僕と春風さんいったいどっちなのだろう？

まぁ多分春風さんだよね。

だってさっきから春風さんは色々とやらかしているし、逆に僕は何もやらかしていないのだから。

「まぁいいです。それよりも笹川君、この後行かれるということは制服のままということですよね？　校則で禁じられていない以上問題はありませんが、決して学校の評判を落とすようなことはしないでください」

なんだか諦められたような感じだけど、とりあえず許しはもらえたようだ。

一応注意はされたけど、元々問題になるようなことをするつもりはなかったので問題ない。

春風さんが少々心配なところはあるけれど、彼女から目を離さなければ大丈夫だろう。

……うん、なんだかご機嫌でウキウキしているように見えて心配にはなるんだけどね。

「笹川君、責任は取ってくださいね？」

「えっ？　あっ、はい、もちろんです」

神代先生は心配性なのか問題が起きた場合は責任を取れと言ってきた。

発案者が僕なんだから、言われなくても何か問題が起きればちゃんと僕が責任を取る気ではいる。

わざわざ言われることでもないと思うんだけどな。

「わかってなさそうですね……。まぁ私が口を挟むことでもないですか。それでは、後はおまかせします」

一瞬物言いたげな目を向けられてしまったけれど、何か自己完結したようでもう用はないから後は好きにしろと言わんばかりだ。

ちょっと先ほどの目は気になるけど、話を終わらせられたのなら仕方がない。

「はい、失礼します。行こっか、春風さん」

「う、うん……！」

僕が声をかけると、春風さんは嬉しそうに——そして、若干緊張したような面もちで頷いた。

何を緊張しているのだろう？

相変わらずたまによくわからないことがあるよね、この子は。

春風さんの様子に疑問を抱きながらも、僕はそのまま彼女と一緒に職員室を出る。

「——デート、まさかのデート展開……！」

何か後ろで春風さんがぶつぶつと言っているけれど、チラッと見た表情はやる気に満ちていたので気にするのはやめた。

きっとこの後のことで挽回しようと意気込んでくれているのだろう。

余計な水を差すことはやめ、僕はこの後のことに思考を切り換えるのだった。

「——また、二人で一緒にいる……」

「春風さんが自分から話しかけるのあいつだけだぜ。なんであいつばっかり……」

靴に履き替えて校庭に出ると、外で活動をしていた運動部の視線が僕たちに向いていた。

きっと春風さんがいるから注目を集めてしまっているんだろう。

表情から嫉妬されていることがわかる。

もうこの視線を向けられることにも結構慣れてしまったかもしれない。

それだけ春風さんと一緒にいるということなんだろう。

「それで、どこに行くの？」

隣を歩く春風さんがチラチラと僕の顔を見上げ、髪の毛を指で弄りながら質問をしてきた。

「そうだね、とりあえず今日はゲームセンターに行ってみようか」

「とりあえず……つまり、またあるということ……！」

「ん？　どうしたの？」

「う、うぅん、なんでもない……！」

やっぱり今の春風さんはどこか変だ。

普段ならしないガッツポーズを小さくしているし、クールだからわかりづらいけどどこかはしゃいでいるようにも見える。

そんなに遊びに行きたかったんだろうか？

もしかして、厳しい教育をする家庭で育ってきたのかな？

普段の春風さんってクールで落ち着いているし、とても真面目な印象がある。

それに勉強も学年で一番できるくらいだから、やっぱりそうなのかもしれない。

そう考えると、エロイラストに趣味が走ってしまったのは彼女が厳しい家庭で育てられたことによる反発とも思えるね。

苦労してるんだな、春風さん。

「なんだか酷い想像をされてる気がする」

心の中でだけ春風さんに同情をしていると、いつの間にか不機嫌そうな表情になっていた春風さんにジト目を向けられてしまった。

もしかして僕は顔に出してしまったのかな？

「な、なんでもないよ。うん、なんでもない」

春風さんのジト目は、怖いのにちょっと癖になりそうなのが更に怖い。

絶対彼女のジト目が好きな男子はこの学校にいる。

むしろ大人数が好きかもしれない。

美少女ってなんでも許されるから強いんだよね。


それから僕たちは予定通り電車に乗り、ゲームセンターへと向かった。

僕たちの住む岡山は東京などの都会とは違って、ゲームセンターなどの娯楽施設がある場所は限られている。

それにスマホなどの普及や、家でできるゲームのクオリティがかなり高くなったことでゲームセンターに行く人も少なくなり、今だとゲームセンターがかなり少ない。

だから僕たちは岡山駅まで出てきていた。

「――おい、見ろよあれ」

「なんだあの美少女。アイドルが撮影に来たのか？」

「ずるい、同じ女の子なのにあのかわいさ何!?」

「あれすっぴんだよね？　化粧してなくてあのかわいさってなんなのよ」

岡山駅は人が多く集まるところで、すれ違う人すれ違う人から春風さんは注目を集めていた。

やはり彼女ほどのかわいさになると街中でもそうそういないらしい。

春風さんは本当にかわいいんだよね。

「なぁ、隣を歩く黒髪の子もかわいくないか？」

「いや、でもあれは服装的に男だろ？」

「やばい、あの子タイプ……！　喰いたい……！」

「ちょっと、よだれ！　よだれ垂れてるわよ！　あんた女限定じゃなかったの！」

「いや、あのかわいさは例外でしょ……！　男なんてくそくらえって思ってたけど、あの子ならいいわ……！　男も捨てたもんじゃないわね……！」

ぞくっ――。

なんだか、背筋に凄い寒気が走った。

きっとアイドル顔負けの春風さんの隣を歩いているものだから、外野から嫉妬の視線を向けられているんだろう。

数が多くなればそういう視線も強くなるし、それで寒気が走ったのなら納得がいく。

こういうのは気にしても仕方ないため、もう割り切るしかないだろう。

「むぅ……」

だけど、やはりこういった視線は春風さんも嫌なようで、不服そうに小さく頬を膨らませていた。

「あげない……」

「えっ？」

「うぅん、なんでもない」

なんだか一瞬春風さんの目が怖くなった気がしたけど、彼女は小さく首を横に振ってなんでもないと主張をする。

気のせいだったのかな？

「それで、お店はどこ？　早く行きましょ」

「あっ、うん、そうだね」

注目を集めたせいで春風さんはご機嫌斜めになっているようで、この場から早く離れたいみたいだ。

僕もその意見には賛成なので、よく姉さんと行っていたゲームセンターを目指した。

そしてゲームセンターに着いたのだけど、春風さんはゲームセンターに来たのが初めてらしく、どう遊んだらいいのかわからないらしい。

昔からある太鼓を叩くリズムゲームに興味を示したようだけど、マイバチという自分専用に作ったゲーム用のバチを使っているガチ勢がいて、その人の超絶技を目にした途端やる気が失せたようだ。

太鼓のゲームのガチ勢は人間の域を超えているからね。

どうやったらあんなに速く流れてくる譜面を完璧に叩けるのか今でも不思議でしかない。

聞いた話だと曲ごとの譜面を覚えているらしいけど、あんなのを見せられたら初心者は手を出し辛いよね。

まぁでも、見てる分には凄くて興奮してしまい、見入ってしまうんだけど。

ただ、やってみたかった春風さんとしては残念だったようだ。

「あのリズムゲームをやってみよっか」

春風さんが先ほどの太鼓のリズムゲームに興味を示したので、僕は別のリズムゲームを提案してみた。

かわいいボーカロイドが映っている画面で、五ヵ所タッチするところがあり、曲に合わせて流れてきた色の物体をタッチしていくゲームだ。

やったことはないしこれにもガチ勢はいるのだけど、今は誰もやっていないので一緒にやるチャンスだろう。

春風さんもかわいいボーカロイドが気に入ったのか、コクコクと頷いてお金を取り出した。

やる気になってくれたようだ。

そして一緒にやってみたのだけど——。

「むぅ……！」

ゲームを終えた後の春風さんは、超絶拗ねていた。

というのも、この子見た目の可憐さからは想像がつかないほどにリズム感がなかったのだ。

なんでもそつなくこなしそうだから漫画のキャラみたいにハイスコアを叩き出すかと思ったのに、結果は真逆と言えるものだった。

むしろよくそこまで失敗するねってレベルだったからね。

流れてきている物に合わせてタッチすればいいだけなのに、それができないということはもしかしたら彼女は運動音痴なのかもしれない。

「えっと、違うゲームをしようか」

このまま放置しておくわけにもいかないので、頬をパンパンに膨らませている春風さんに別のゲームを紹介することにした。

「あれ、かわいい……」

移動している最中次に春風さんが興味を示したのは、クレーンゲームに格納されている猫のぬいぐるみだった。

まんまるとしたぬいぐるみで、眠たそうな猫の顔は確かにかわいい。

そのぬいぐるみを見つめる春風さんの目は輝いているし、多分ほしいんだろう。

「あのぬいぐるみがほしいんだね？」

「うん。でも……」

「そっか、任せて」

「えっ？」

僕は春風さんの不思議そうな表情を横目にクレーンゲームにコインを入れる。

そして――わずか二百円で、お目当てのぬいぐるみを手に入れることができた。

「わぁ、凄い……！」

隣では春風さんが目を輝かせて拍手をしていた。

その表情は子供みたいでとてもかわいい。

「はい、春風さん」

僕は景品取り出し口からぬいぐるみを取り出すと、そのまま春風さんに差し出す。

「いいの？」

「もちろん。春風さんにあげるために取ったんだからね」

「ありがとう……」

春風さんは猫のぬいぐるみを受け取ると、ギュッと抱きしめて僕の顔を見つめてきた。

口元までぬいぐるみで隠れるその上目遣いは、男を悩殺しそうなかわいらしさを見せつけている。

僕は照れ臭くなってソッと春風さんから視線を外した。

「クレーンゲーム得意なんだね？」

「あっ、う、うん、そうだね。昔、姉さんに叩き込まれたからかな。姉さんは普通のゲームはせずに、クレーンゲームばかりする人だったからね」

姉さんは、クレーンゲームにしか入っていないお気に入りキャラのグッズを入手するために、時々ゲームセンターへと足を運んでいた。

それに僕も付き合わされて、その際に色々と叩きこまれたのだ。

まぁ高校生になってからは僕が姉さんに付いて行っていた部分もあるけどね。

あの人一人で行くとナンパされたりして大変なようだから。

「笹川君のお姉さんかぁ、やっぱり優しいんだろうね」

「そうだね、凄く優しいよ。怒ったところは滅多に見たことがないかな」

「そうなんだ。それに、絶対かわいいんだろうなぁ」

うん、確かに姉さんは弟の僕が言うのもなんだけど凄くかわいい。

でも、今の話の流れって僕の姉さんだからかわいいんだろうなって言い方だよね？

その言い方はちょっと嫌だな。

「僕と姉さんはあまり似てないけどね」

「ふ〜ん」

うわ、興味なさそう。

というよりも、信じてなさそうだ。

まるで『はいはい』とでも言われているような感じがする。

――と、そんなことよりも、ここに来た目的を果たさないと。

僕はスマホを取り出し、嬉しそうに猫のぬいぐるみの頭を撫でている春風さんの写真を撮る。

僕の小説のヒロインは春風さんをモデルにしている。

だから、彼女を写真に撮ってイラストの参考資料にしてもらえれば、春風さんもイラストが描けるんじゃないかと考えた。

このゲームセンターも僕の小説のキャラが行く場所だ。

そして優先すべき挿絵の一枚として決めていたシーンでもある。

きっとここで撮った写真は役に立つだろう。

だけど、春風さんには自然な表情をしてもらわないといけないため、なるべくこのことは隠しておく。

変に意識されると自然な表情は出してもらえないし、嫌がる可能性が高いからね。

もちろんイラストに使ってもらう分さえ選別したら残りの画像は消しておくし、春風さんに話す時は誠心誠意謝るつもりだ。

まぁ、それで春風さんが許してくれるかどうかはまた別の話なのだけど。

でも、もう彼女がイメージがなくて描けないと言っている以上こうするしかない。

それで怒られるのなら仕方がないよね。

「春風さん、他にもほしいぬいぐるみある?」

とりあえず、後で怒られてもいいようにご機嫌をとっておくのは一つの手かもしれない。

そう思った僕は彼女にほしい物がないか聞いてみる。

すると、春風さんは別のクレーンゲームを指さした。

「あれ、ほしい」

「へぇ、春風さんって連れモンしているんだね」

「連れモン？」

「あれ、違うの？」

「うん、あれかわいいって思ったからほしかっただけだけど……」

どうやら僕の早とちりだったようだ。

春風さんが指さしたぬいぐるみは、『連れて歩けるモンスター』という昔からシリーズ化されているゲームのモンスターだった。

昔からアニメもされており、子供だけでなく大人も遊んでいたゲームなのだけど、春風さんは知らないらしい。

最近だとネット対戦も主流化していて、有名動画サイトでランクマッチなどのゲーム実況も行われているくらい人気なんだけどな。

まぁ知らないのなら仕方がないね。

そんな連れモンには今や沢山のモンスターがいるのだけど、今回春風さんがほしがったのは、石や育て方によって進化先が変わる特殊なモンスターだった。

猫みたいな見た目をしていて愛嬌溢れるモンスターだから、昔から大人気でもある。

だから春風さんがかわいいと言ってほしがるのも不思議ではなかった。

「春風さんってかわいい物が好きなんだね」

「むっ、悪い？」

「うぅん、かわいいと思うよ」

「〰〰〰〰っ！」

あれ、女の子らしくていいと思うって言ったんだけど、なぜか春風さんが僕から顔を背けてしまった。

後ろから見える耳は赤くなっているし、何やらポスポスとぬいぐるみの頭を叩いている。

どうしよう、大丈夫かな？

「大丈夫？」

「だ、大丈夫……」

プシューと音が聞こえてきそうなくらい顔を真っ赤にしている春風さんは、コクッと小さく頷いた。

全然大丈夫なようには見えないけれど、彼女が大丈夫と言うのなら大丈夫ってことにするしかない。

万が一熱があるようならその時は無理させずに帰るようにしよう。

「じゃああれを取ってくるね」

「う、うん……」

春風さんは急におらしくなってしまったけれど、嬉しそうに僕の後を付いてくる。

彼女がかわいい物好きなら、今日だけでなくまたクレーンゲームをしに来てもいいかもしれない。

僕の場合普通に買うよりもクレーンゲームで取ったほうが安くつくからね。

嬉しそうにぬいぐるみを抱いている春風さんを横目に、そんなことを僕は考えるのだった。

「――もう、帰るの……？」

二人して袋一杯に詰まったぬいぐるみを持つ中、春風さんはどこか寂しそうに僕の顔を見上げてきた。

あれから春風さんがほしがる物をたくさん取ったのだけど、まだ物足りないのかな？

でも、そろそろ空も暗くなってきたし帰らないと姉さんが心配してしまう。

「他にほしい物があったのなら、また今度来ようよ。本が完成したら時間はできると思うからさ」

今は何よりも本を完成させることを優先しないといけない。

資料候補となる写真もいっぱい撮れたし、もうゲームセンターに時間を割けないからね。

「また今度――うん……！」

どうやら春風さんも納得してくれたようだ。

とりあえず今日のところはもうこのまま帰ることにする。

途中春風さんは岡山駅のすぐ近くにある大型ショッピングモールに興味を示していたから、

今度はあそこに行くのもありかもしれない。

日本全国で有名なショッピングモールで、その中でも岡山にできたのは西日本で一番大きいと言われている。

中に入っているお店では服屋さんがたくさんあるし、ぬいぐるみなども売っていたりするから春風さんも喜びそうだ。

それに、映画館や小さめではあるけどゲームセンターもあるから、学生の遊び場としても知られている。

だから今度はここに来ようと思った。

電車の中は帰宅ラッシュと重なってしまったのか人がかなり多い。

ギュウギュウと押し合う形になり、目の前にいる春風さんは少し苦しそうにしている。

僕が立っている位置の背中にはドアがあり、帰宅方面ではこちらのドアは僕たちの駅まで開くことはない。

だから、春風さんと体の位置を入れ替えることにした。

「春風さん、こっちにおいで」

「あっ……」

周りの人たちになるべく迷惑にならないよう気を使いながら、僕は春風さんの腕を優しく引っ張り、そして自分の体をスライドさせる。

そうすることで、春風さんをドアの位置に行かせることができた。

そして僕は、彼女を押しつぶさないように体に踏ん張りを利かせる。

ギュウギュウと押されるのはとても辛いけど、二十分くらいの辛抱だ。

春風さんに苦しい思いをさせないためと考えればこれくらいどうってことはない。

「…………」

ふと、春風さんの視線が僕に向いていることに気が付いた。

視線を向けて見れば、ジッと僕の顔を見つめている。

だけど、視線が合った途端慌てたように逸らされてしまった。

もしかしたら、強引に体を入れ替えたから嫌だったのかな？

そうだとしたら悪いことをしてしまった。

「ありがとう……」

――しかし、春風さんは小さな声で僕にお礼を言ってきた。

見える横顔は赤く染まっており、彼女が嫌がっていたわけではないとわかる。

いや、寧ろこれは――。

「あっ、うん……」

春風さんの表情を見てしまった僕は、そう頷くことしかできなかった。

なんだか顔が熱くなっているような気がするのは気のせいじゃないだろう。

よく考えれば春風さんの顔が結構近くにあるのだから、これで気持ちが高ぶらないほうがおかしいのかもしれない。

春風さんの体からはいい匂いがしているし、変な気持ちになりそうだ。

「「…………」」

ガタゴトと揺れる電車の中、僕たちは無言で立ち尽くす。

時々チラチラと春風さんが僕の顔を見上げてくるけれど、僕が視線を向けるとすぐに逸らされてしまっていた。

ほんの二十分くらいで着くはずなのにもう感覚では一時間くらい経ったかのようだ。

早く着いてほしい、そう思うのと同時に、まだこのままでいたいと思ってしまう自分がいる。

それだけこの時間を惜しいと思っているわけだ。

だけど、やっぱり目的地があって移動している以上、遅かれ早かれこの時間に終わりは来てしまう。

「着いちゃったね」

「うん……」

僕は駅に着くと、どこか物寂しい思いを抱いた。

声をかけてみた反応を見るに、きっと春風さんも似たような感情を抱いている。

まさか彼女とここまで仲良くなれるとは思わなかったな。

ましてや、こんなにも離れたくないだなんて思うようになるとは思わなかった。

どうやら僕の中ではもう春風さんという存在はなくてはならないような感じになっているらしい。

でも、もう空も暗くなっているため帰らないと——あれ？

思考を帰ることに切り替えた僕は、あるおかしなことに気が付いてしまう。

というのも、なんで春風さんがここにいるのか、ということだ。

「あの、春風さん、どうしているの？」

「えっ？」

僕が声をかけると、『何言ってるのこの人？』とでも言いたげな目を向けられてしまった。

うん、その思考に陥るのはわかる。

先ほどまで一緒に遊んでいたのだから一緒にいるのは当たり前だと言いたいんだろう。

だけど、そうじゃない。

僕が言いたいのはそういうことじゃないんだ。

今現在いるのは、僕たちが岡山駅に行くために入った駅だ。

そしてその駅は、学校に一番近い駅だったからこそ僕たちは使っている。

普通に聞けばこれだけなら春風さんもここにいるのはおかしくない。

しかし、彼女は本来電車通だ。

つまり、彼女の家の最寄り駅はここではないため、本来の予定ではあのまま春風さんは電車に乗って帰る予定だった。

それなのに、今現在この子はなぜか僕と一緒に降りてきてしまっている。

「えっと、春風さん電車に乗ってそのまま帰る予定だったんじゃ……」

「えっ？　あっ、あぁ……！」

春風さんは一回キョトンと首を傾げたけど、自分がやらかしていることに気が付いたようで小さく声を上げる。

その表情からは後悔していることがありありと伝わってきた。

「気が付かずに降りてきちゃった？」

「う、うん……」

僕の質問に対して、春風さんは気まずそうに目を彷徨わせながら首を縦に振る。

どうしてしっかり者に見えてこの子はこうも抜けているんだろう？

……そう思ったけど、よく考えれば僕も忘れていたため人のことを言えなかった。

「電車、三十分後だね……」

「うん……」

僕たちの住んでいるところは田舎に近くて、三十分に一本しか電車が通らない。

車で移動する人が多く、電車を使う人が少ないから本数が都会に比べて大分少ないのだ。

車を運転できない学生の身としてはもっと本数を増やしてほしいけれど、これは言っても仕方がないことなんだよね。

春風さん一人残すのも気が引けるし、仕方ないから僕も残っておこう。

「とりあえず、電車が来るまで待っていようか」

「いいの？　ごめんね……？」

申し訳ないことをしたと思っているのか、春風さんは様子を窺うような感じで上目遣いに謝ってきた。

若干あざといと思ったのは内緒だ。

「いいよ、仕方がないことだからね」

「怒らないんだ……？」

「はは、怒るようなことでもないでしょ、こんなこと」

春風さんがポンコ――抜けているのは今に始まったことじゃないし、これで春風さんと一緒にいられる時間が増えたんだ。

感謝はすれど怒ることはない。

「やっぱり、笹川君は優しい……」

なんだか春風さんが、最初に取ってあげたぬいぐるみを袋から取り出してギュッと抱きしめながら僕のことを上目遣いに見つめてきたんだけど、いったいどうしたのだろう？

何か声が聞こえた気もするけれど、小さくてうまく聞き取れなかった。

それに相変わらずぬいぐるみをギュッと抱きしめる春風さんはかわいくてずるいと思う。

こんな姿でお願いでもされようものなら男はみんな彼女のお願いを聞いてしまうだろうね。

――それから二十数分後、春風さんが乗る予定の電車が来た。

後は彼女を見送って終わり――そう思ったのだけど、どうやら神様はここで終わらせてくれるつもりはなかったらしい。

というのも、春風さんのために取ったぬいぐるみは僕の両腕にもあり、これを彼女に持たせるのはあまりにも酷だったからだ。

春風さんとは別の駅だということを忘れていたことと同じで、このぬいぐるみたちをいつまでも僕が持っているわけにはいかないということをすっかり忘れていた。

「さ、笹川君……」

当然春風さんもぬいぐるみがいっぱい入った袋を四つも持つなんて無理だとわかっているため、困ったような弱々しい表情を僕に向けてくる。

ここで僕が取れる選択肢なんてもう決まっているだろう。

というか、それはもはや選択肢ですらない。

これは確定事項だ。

「一緒に行くよ」

「い、いいの？」

「さすがにこれを春風さんに持たせるのは気が引けるからね。でも、春風さんもいいの？　家の前までとはいっても、春風さんの家の位置を僕が知ってしまうことになるんだけど」

「あっ、う、うん。さ、笹川君ならいいよ」

笹川君ならいいよ――そう言われた途端、僕は言いようもない気恥ずかしい思いに襲われた。

そして顔がとんでもなく熱い。

多分今僕の顔は真っ赤だろう。

だけど、目の前にいる春風さんも顔を赤くして僕から視線を逸らしていた。

どうやら恥ずかしい思いをしているのは僕だけではないらしい。

「えっと、じゃあ送って行くね」

「う、うん」

僕たちはお互い緊張した面もちで再度電車に乗る。

相変わらずチラチラと春風さんは僕の顔を見上げてくるのだけど、用事はないのか何かを言ってくることはない。

その後は特に何か問題が起きることはなかった。

彼女の家の最寄り駅に着き、そのまま十分ほど歩いたところで彼女の家には着いたからだ。

豪邸ということも可能性としては考えていたけれど、春風さんの家は普通の家庭より二回りほど大きいという感じだった。

「ここが、私の家」

「大きいんだね」

「そうかしら？」

「うん」

「「…………」」

他愛のない会話をしてすぐ、僕たちは黙り込んでしまった。

後はもう挨拶をして別れるだけなのに、なぜかその言葉が切り出せない。

春風さんも同じ気持ちなのだろうか？

だけど、いつまでもこうしているわけにはいかない。

電車を待つことで約三十分ほど時間を余計に喰ってしまっており、これ以上遅くなると姉さんに心配をかけてしまうかもしれないんだ。

それにあまりここにいると春風さんのご家族に鉢合わせしかねないからね。

「じゃあ帰るよ」

「あっ、うん……」

帰ると言うと、一瞬春風さんが寂しそうな表情を見せた。

しかし、すぐに春風さんは優しい笑みを浮かべる。

「今日はありがとう。ぬいぐるみをこんなにも取ってもらえたし、とても楽しかった」

「喜んでもらえてよかったよ。じゃ、また明日」

「また明日。おやすみなさい、笹川君」

僕は春風さんのどこか寂しそうな表情を見て後ろ髪を引かれる感覚に襲われてしまったけれど、今日のところはもうこのまま帰ることにするのだった。

◆

次の土曜日——春風さんと僕はとある待ち合わせをしていた。

今日は朝早くから春風さんと一緒に遊園地に行く予定なのだ。

この遊園地での写真さえ手に入れれば一通りほしかった物は手に入るという状況だった。

そうして待ち合わせ場所に向かった僕なのだけど、思わぬ光景に息を呑むことになる。

というのも、ある一箇所に大きな人混みができていたからだ。

そしてその中心にいるのは遠目からでもわかるくらいの美少女であり、僕がよく知っている女の子だった。

――そう、春風さんだ。

今まで制服姿しか見てこなかったけれど、私服姿の春風さんのかわいらしさは制服の時よりも遥かにかわいくなっている。

どうやら春風さんはお洒落にも気を使う子のようだ。

そして、服を選ぶセンスもいいと思う。

あれは傍から見るとアイドルやモデルにしか見えない。

どうりでこんなにも人混みができているわけだ。

……………えっ？

よく考えたら僕、あの注目されきっている中に飛び込んでいくの？

いくらなんでもそれはちょっと鬼畜展開すぎないかな？

絶対に周りから変な目を向けられるじゃないか。

あそこまでの美少女が待っているのなら当然みんなはその相手にも興味を持っているはず。

それなのに僕なんかのようなどこにでもいる男が彼女に声をかけたら、がっかりされたり馬鹿にされたりするんじゃないかと思った。

何より、春風さんに恥をかかせるんじゃないかと。

しかし、こんなことを考えている間も時間は刻一刻と過ぎていく。

それによって待ち合わせ時間まで残り少なくなってしまっていた。

さすがにこのまま外野に混じって見ているわけにもいかなくなり、僕は勇気を振り絞って春風さんのもとに向かおうとする。

だけど――そんな時、春風さんが二人組の男に声をかけられてしまった。

片方は長髪でアクセサリーを体中に付けた、いかにもチャラ男といった感じの男。

もう一人はカジュアルといえばいいのか、気軽にくつろいだ服装ではあるけれど、男の僕でもかっこいいと思うようなお洒落な男だった。

そして、二人とも結構なイケメンでもある。

さぞかし女を喰ってきたのだろうというような感じで、春風さんに話し掛ける様子も慣れているように見えた。

きっと今までこんなふうにナンパをしてきたんだろう。

そして表情から読み取れる自信はそれらが成功してきたことを物語っている。

そんな男たちが、春風さんのような超絶美少女を放っておくわけがなかった。

彼女は完全にターゲットにされてしまっている。

まずいな。

そう考えた僕はもう話し掛けづらいとか言っている場合じゃないと思い、急いで春風さんのもとに向かった。

「――ねぇねぇ、いいじゃん。俺らと遊びに行こうよ」

春風さんたちに近付くと、漫画のモブキャラみたいに軽い口調でチャラ男のほうが春風さんを口説いていた。

春風さんはそんなチャラ男たちを汚らわしい物でも見るような目で見ており、話し掛けるなオーラを全開に出している。

しかしチャラ男は冷たく接する女の子にも慣れているのか怖気づいた様子はない。

むしろ逆に乗ってしまっていた。

まるで自分を毛嫌いする女を堕とすのが楽しいとでもいうかのように。

「あの、すみません。彼女に手を出さないでもらえますか？」

僕はすぐに春風さんとチャラ男の間に体を滑り込ませた。

正直言えばこういう男たちは僕が大の苦手とする人たちだ。

気楽に喋る口調にはついていけないし、責任感がなさそうな態度も僕とは合いそうにない。

そしてこういった人間は結構喧嘩慣れしていたり、自分より下だと思う人間には強気で当たってくるところがある。

そういうところが苦手だった。

でも、春風さんが絡まれているならほっとくわけにはいかない。

正直関わりたくない人たちではあるけれど、春風さんを守らないといけないからね。

――しかし、チャラ男は僕の予想に反する態度を見せた。

「おっ、君もめっちゃかわいいじゃん！」

「えっ？」

「ボーイッシュもいいね！　その子の連れなの？　どぉ？　俺たちも二人だし、このまま遊びに行かない？」

春風さんに手を出されないよう邪魔に入った僕だけど、なぜか遊びに誘われてしまった。

いくら誘っても動きそうにない春風さんを、連れである僕を使って内部から崩そう――そういう魂胆ではないだろう。

だって、思いっ切りかわいいって言われているし。

これ僕が女の子って思われているんじゃないだろうか。

「いや、あの、僕男ですから……」

予想外の反応に戸惑いながら僕は自分が男だと主張をする。

すると、目の前にいたチャラ男たちはパチパチと瞬きをした後、お互いの顔を見合わせた。

そして、チャラ男のほうがいきなり息を吹き出す。

「ぷっ……あはは！　君いいね！　はいはい、男の子かぁ。そっかぁ」

うん、この反応絶対に信じてないな。

男たちを退けるために咄嗟についたと嘘だと思われたようだ。

「いや、本当に僕は男ですから」

「そうだね〜。で、どこに行く？」

――イラッ。

人の話を聞かず、こちらの行動を勝手に決めつけるチャラ男に少しイラッとした。

だけどここで問題を起こすわけにはいかないし、この男たちを敵に回すのは避けたい。

だからグッと我慢をした。

春風さんは本当は心細かったのか、何も言わずに僕の服の袖をギュッと握ってきている。

それだけでなんだか勇気が湧いた僕は、実は単純なのかもしれない。

「すみません、僕たちはこれから行くところがあるので」

「どこ？　俺たちも付き添うよ」

「いえ、大丈夫です。それに、僕は本当に男なので来られてもご期待には沿えませんよ」

チャラ男が早く諦めてくれるように僕は男だと主張し続ける。

すると、チャラ男は初めて顔をしかめた。

「ちっ、あのさ。君が男なら正直きもいよ？　だって、見たまんま女の子じゃん。それで男ってなら女々しくて虫唾が走る」

――プチンッ。

チャラ男に馬鹿にされた途端、僕の中で何かが切れた。

人が気にしているところをずけずけと踏み込んでき、挙句の果てに自分の期待通りでなかったらきもいとは実に身勝手な男だ。

自分の思い通りにならなければすぐに牙を向ける、そういう人間が僕は一番大嫌いだった。

「ちょっとあなた――！」

「ごめん、春風さん。いいから」

僕は文句を言ってくれようとした春風さんの手を押さえる。

そして、チャラ男のことを笑顔で見つめた。

「な、何笑ってるんだ？」

僕が笑顔を見せると、何か気後れしたようにチャラ男は一歩下がった。

まるで得体の知れない気味が悪い物でも見るかのような目だ。

「別に、ただおかしくてね。あなたのような軽薄で物事を何も考えていない人間を見ていると、おかしくて仕方がないんです」

「あっ？　どういう意味だよ？」

「いえ、僕はただ思っていることを口にしただけですので。ただ、あなたのような軽薄そうな男には決して彼女を渡したりはしませんよ。だから諦めてさっさとどこかに行ってください」

「この――！」

僕の言葉を聞くと、血相を変えた男が僕の胸倉を掴もうと手を伸ばしてきた。

こういう人は楽でいい。

ちょっと挑発しただけで怒りに身を任せてくれるのだからね。

怒りの表情に含まれた若干怯えが入った表情を見るに、怒りで自分を鼓舞しているところもあるのかもしれない。

まぁ、そんなことはどうでもいいか。

怒りに身を任せた人間は実に単純な動きをしてくれるから本当に有難い。

僕は男が手を伸ばしてきたのを見てすぐに持ち歩いていた鞄へと手をツッコんでいた。

そして、ある物を引き抜こうとするが――

「その辺にしとけ」

――もう一人いた、カジュアルな服装の男の手によってチャラ男の手は止められてしまった。

「りゅ、龍弥《りゅうや》……？」

「もういいだろ、これ以上恥を晒すな」

「ど、どういう意味だよ！」

「あっ？」

「――っ！　わ、わりぃ、なんでもない……」

連れに見えて実は上下関係があるのか、龍弥と呼ばれた男に睨まれた途端チャラ男のほうは退いてしまった。

おそらく龍弥という男のほうが喧嘩が強いのだろう。

確かに、静かに佇む姿や、女受けの良さそうな自信に溢れる男前の顔付きには雰囲気がある。

チャラ男を掴んだ時に見えた手にも血管が浮き上がっており、無駄なく筋肉が付いてるようだった。

「悪かったな、邪魔をして」

龍弥という男はそれだけ言うとチャラ男を連れて駅のほうへと歩いて行った。

謝ってきた時に視線は鞄に突っ込んでいる僕の右手へと向いていたことから、僕が何かをしようとしていたことには気が付いていたようだ。

あぁいう男は敵に回してはいけない。

素直に退いてくれてよかったと思う。

僕は鞄の中で掴んでいたスタンガンから手を離すと、ホッと息を吐いた。

すると——。

「「「「おぉ〜！」」」」

男たちが退いてくれて安堵していると、なぜか周りから歓声が上がった。

パチパチとみんな拍手をして僕のことを称賛してくれている。

「えっと……？」

僕は困惑しながら周りを見回す。

すると、何やら顔を赤く染めて潤った瞳で僕の顔を見つめる春風さんが視界に入った。

だけど、目が合うと彼女は途端に俯いてしまう。

「春風さん？」

僕が声をかけると、春風さんは髪を耳にかけたり、そのまま髪の毛の先を弄ったりと落ち着きのない様子を見せる。

そしてチラチラと僕の顔を見てくるんだけど、彼女がいったい何をしたいのかがわからない。

「どうかしたの？」

「あっ、えっと……笹川君、凄いんだね」

「えっ？」

「不良相手に怖気つかなくて……かっこよかった……」

春風さんのその言葉は、消え入りそうになるくらい小さな声だった。

しかし、しっかりと僕の耳には届いてしまっており、その言葉の意味を理解すると途端に顔が熱くなってしまう。

恥ずかしさに耐えられなくなり、僕も顔を赤らめながら彼女から視線を逸らしてしまった。

すると、周りからヒューヒューとめちゃくちゃ冷やかしが飛んでくる。

どうやら完全に見世物になってしまっているようだ。

そっか、春風さんが注目を集めていたから僕の先ほどのやりとりはみんなに見られていたのか。

それで不良みたいなチャラ男たちを追い返したから、みんなこれだけ称賛してくれているのかな？

まぁ追い返したというか、あの龍弥という人が退いてくれただけなのだけど、春風さん効果かいいように映ってしまったみたいだ。

「場所、移そうか……」

「う、うん……」

僕たち二人は周りの冷やかしから逃げるように遊園地へと向かうことにした。

「そういえば、どうして今日は遊園地のある駅で待ち合わせだったの？　別に電車内でもよかったんじゃないのかな？」

今日は春風さんの希望でブラジルをモチーフにした遊園地の最寄り駅で待ち合わせだった。

お互い家の最寄り駅が違うのだから自分たちの最寄り駅で待ち合わせができなかったのはわかるけれど、わざわざ遊園地の最寄り駅で待ち合わせをする必要はなかったと思う。

しかし、これは聞いてはいけなかったことだったのかな？

「べ、別に、こういう気分の時もあると思うの……！」

春風さんは純白の肌を真っ赤に染めたまま、恥ずかしそうにソッポを向いてしまった。

モジモジとしていてとてもかわいく、なんだかその姿を見ていると言いようのない恥ずかしさが込み上がってくる。

「そ、そうだね……」

「うん……」

「「……」」

話すことがなくなってしまい、僕たちの間に沈黙が訪れる。

いや、話すことがないんじゃなく、気恥ずかしい雰囲気に喋れなくなったんだ。

「「あ、あの」」

そして無理に何か話そうとすれば、お互いの言葉が重なってしまう始末。

なんなの、これ。

まるでラブコメ漫画のような展開じゃないか。

「あっ、春風さんから先にどうぞ」

「うぅん、笹川君のほうからでいい」

挙句こんなふうにお互いが譲ってしまう始末。

僕は知っている。

こうなった時はお互いが譲り続けて一向に話が進まないことと、キャラによっては喧嘩が始まってしまうことを。

だからもう僕から話してしまうことにした。

「服、かわいいね。とても似合っているよ」

僕が言いたかったこと、それは彼女の服がよく似合っているということだった。

昔に姉さんから教えてもらっていたことだけど、まずこんなふうに女の子と遊びに行く時は服装を褒めることが重要らしい。

でも、ただ褒めればいいというわけではない。

ちゃんと相手がお洒落に気を使っている部分をピンポイントに褒めるのがいいと言われてい

て、相手が特に気を使ってないところを褒めるとお世辞だと捉えられて嫌な気分にもさせることがあるため、ちゃんと見極めるように言われていた。

その点は、春風さんは全身の御洒落に気を使っているようでどこを褒めても問題なしだ。

彼女の服装は、白色の肩あきタートルニットに、水色のミニスカート。

靴はヒールではなく白色のレザーロングブーツを履いている。

これは遊園地で遊ぶことを考慮してくれているのかもしれない。

正直春風さんのような隙のない女の子が、肩あきの服や太ももまで見える短めのスカートを穿くとは思わなかった。

だけどとても似合っているし、なんというか男心をくすぐられるような服装だ。

僕的には凄く好きな服装である。

しかし、褒めたのはよくなかったのか、春風さんはソッポを向いてしまった。

「………かわいいって、かわいいって言われた……！　勇気を振り絞ってこの服買ってよかった……！」

なんだかブツブツと呟いているんだけど、もしかして褒めたことがよくなかったのかな？

どうしよう、今日も写真をいっぱい撮るから彼女のご機嫌を取らないといけないのに、怒らせてしまったらこの後がまずいじゃないか。

どうフォローをしようか、そう考えていると何やら春風さんが僕の目を見てきた。

てっきり怒られるのかと思ったけれど、次に予想もしない言葉を言われる。

「笹川君も、その……似合ってると思う」

顔が真っ赤になっている春風さんにいきなり褒められ、カァーッと顔がまた熱くなった。

そして思わず顔を背けてしまう。

こんな真っ赤になっている顔を彼女に見られたくなかったのと、気恥ずかしくて彼女の顔を見られなくなったからだ。

「えっと、ありがとう……」

「うん……」

「「…………」」

そして、再び訪れる沈黙の時間。

こんな時間は僕の人生で初めてかもしれない。

おかげでどうしたらいいのか全くわからなかった。

すると、なぜか春風さんがギュッと僕の服の袖を握ってきた。

先ほどチャラ男たちがいなくなってから放していたのに、どうしていきなり握ってきたのかわからない。

「は、春風さん……？」

「何……？」

「いや、うぅん、なんもでない……」

声をかけながら春風さんのことを見ると、彼女は耳まで真っ赤にした状態で俯いていた。

その様子を見て僕は何も言えなくなる。

そして全身をかきむしりたくなるような痒さに襲われた。

もうおかしくなりそうだ。

僕たちはお互い無言となり、そのまま遊園地へと連れて行ってくれるバスに乗り込む。

席は結構空いていたのだけど、僕が座ると春風さんも当たり前のように僕の隣の椅子へと座ってきた。

そして肩が当たりそうなほど近くに体を寄せてくる。

というかもうほとんど当たっていた。

顔を赤く染める春風さんも、しおらしくなっている春風さんも全てがかわいくて仕方がない。

こんなふうに体を寄せられると男としての欲望も出てくるわけだし、もう本当にどうにかなってしまいそうだった。

イラストのモデルにするために写真を撮りにきただけなのに、どうしてこんな展開になっているのか。

わけがわからないけれど、とりあえず凄く嬉しいことには間違いない。

だけど、勘違いはしないようにしないといけない。

だって、春風さんは僕のことを男としては見ていないだろうから。

そう、多分女友達みたいな感じでいるんだと思う。

少し前まではちょいちょい勘違いされていたし、相手が女の子ならこんなふうにくっつく女の子たちは今までいっぱい見てきたからね。

中には腕を組んでいる子たちだって普通にいる。

うん、だから勘違いはしたら駄目なんだ。

勘違いしちゃったら彼女に嫌われてしまう――それだけは避けたかった。

僕は遊園地に向かうバスの中で、一人勘違いをしないよう自分に強く言い聞かせた。

その後は気まずい雰囲気が続くものだと思っていたけれど、意外にもその時間はすぐに終わった。

というのも、遊園地に着いた途端春風さんの表情が輝き始めたからだ。

「ここが、遊園地……！」

「もしかして春風さん遊園地に来たことがないの？」

「うん、お父さんたちは仕事でいつも忙しいから連れてきてもらったことがない」

なるほど、だからこんなに嬉しそうにしているのか。

お父さんたちがお仕事で忙しいなら仕方がないけれど、少しだけ可哀想だと思った。

だから、今日はちゃんと春風さんに楽しんでもらおう。

「春風さんってどういうのが好き？」

「乗ったことがないからわからない」

確かにそれもそうだ。

僕のおすすめは観覧車だけど、あれは夕暮れ時や夜に乗るほうがいい。

海に反射する夕日やオレンジ色に染まる空はとても綺麗だし、夜は街に光がともって綺麗だ。だから観覧車は最後に乗るのがいいと思っている。

「ジェットコースターは——やめておこうか」

試しに中に入ってから目についたジェットコースターを口にすると、途端に春風さんの表情が青ざめたためやめることにした。

クール美少女ってジェットコースターのような絶叫系が得意で好きなイメージがあるんだけど、どうやら彼女の場合は例外だったようだ。

そもそもこの知識は漫画で得たものだし、リアルと一緒にしては駄目だった。

後は春風さんの根が本当は子供っぽいところも関係しているだろう。

見た感じクールで大人っぽい彼女だけど、実は苦い物が苦手だったり怖がりだったりという子供みたいな一面を持っている。

そういった意味では、今しがたジェットコースターに怯えた表情をしたのは納得ができた。

僕の言葉にコクコクと春風さんが一生懸命頷いたのを見て、だったら何に乗ろうかと僕は視線を巡らせる。

といっても、ここの遊園地は絶叫系が多いね。

昔はCMでお化け屋敷みたいなのを大々的に宣伝していたし、こっち方面で売っているのかもしれない。

夏には大きなプールも開いているようだけど、生憎今は夏の手前だ。

それにいくらなんでもプールで遊ぶのはハードルが高いし、僕が書いている小説ではプールシーンなど出てこない。

だからここのプールに春風さんと来ることはないだろう。

――と、一応ここら辺でも写真を撮っておこうかな。

「そういえば、この前のゲームセンターの時もそうだったけど、どうして写真を撮ってるの？」

スマホを構えた瞬間、丁度春風さんと目が合ってしまった。

言葉から察するに僕が写真を撮っていることにはとっくに気が付いていたようだ。

「気が付いていたのに、どうして今まで聞かなかったの？」

僕はバツが悪くなりながらも、春風さんが怒っているようには見えなかったため誤魔化すことはせずに理由を聞いてみる。

春風さんは髪の毛の先を指で弄りながら恥ずかしそうに頰を赤らめているだけで、本当に怒っているようには見えなかった。

「他の男の子がしてたら怒ってたけど、笹川君だから……まぁ、いっかなって……」

そう言う春風さんは僕から視線を逸らしており、どこか落ち着きがない様子だった。

僕ならいい。

それはいったいどういうことだろう？

僕は自分の鼓動が大きくなるのを感じながらも、彼女の言葉の意味を考える。

あぁ、そうか。

春風さんはきっと僕の思惑に気が付いているんだ。

そもそも職員室で僕が手があると言ってすぐにこんなふうに遊びに行き、そして写真を撮っているのだから気が付かないほうがおかしい。

もし気が付いていないのならその子はとても抜けている子だろう。

先ほど理由を聞いてきたのはただ確認したかったってところかな。

だからもうバクバクとうるさい僕の心臓はいい加減静かにしてくれ。

そんな都合がいい展開なんてないんだよ。

まさか、彼女が僕に好意を持ってくれていて、だから許してくれているとかそんな漫画のようなことありえるはずがない。

ここで期待をしたら僕が後で傷つくだけなのだから、本当に静まってくれ。

答えが出た僕はそう言ってうるさい自分の心臓を静めようとする。

そして落ち着いたところで、春風さんの先ほどの質問に答えるために口を開いた。

「春風さんも察していると思うけど……僕が写真を撮っていた理由は、撮った写真を春風さんにイラストを描くモデルとして使ってもらうつもりだからだよ」

「えっ……？」

「イメージが消えちゃうんだったら、こういうふうに見て描ける資料があればいい。春風さんのおかげで写真も結構集まったから、今日の遊園地で撮った後に整理すれば十分だと思う」

「つまり…………今日のことや、ゲームセンターでのことは……その写真のため……だったってこと……？」

「えっ？」

何かおかしい、そう感じたのは、春風さんの強張った声を聞いたからだ。

見れば先ほどまで照れていた表情は鳴りを潜め、目の端には涙が溜まり、そして――表情は、怒りを含むものへと変わっていた。

「春風さん……？」

「帰る」

「えっ……？」

「もう帰る……！」

どうしてかわからないけど、何かに怒ってしまった春風さんは踵を返してしまった。

そして怒りを全身で表現しながら入口に向かって歩いていく。

どうやら本当に帰るつもりのようだ。

「ちょっ、まっ、待って！　待ってよ、春風さん！」

さすがにこのまま彼女を帰らせるわけにはいかず、僕は慌てて春風さんの手を掴む。

すると、彼女の怒りを秘めた顔が僕へと向いた。

「馬鹿みたい……！」

「えっ？」

を含んだ目を僕に向けてきた。

「待ってってば！　ごめん、気に障ったのなら謝るからさ！　ちょっと待ってよ！」

「……理由もわかってなくて謝ることに意味なんてあるの？」

春風さんはやっと足を止めてくれたと思ったら、今度はいつも他の生徒たちに向ける冷たさを含んだ目を僕に向けてきた。

ここ最近ずっと向けられていた優しさなんて微塵もなくなっている。

彼女が僕のことを突き放そうとしていることがすぐにわかった。

「そうだね、確かに理由がわからずに謝るのはよくないと思う。そして僕に理由がわかっていないのも事実だよ。だからさ、なんで春風さんが怒っているのかを僕に教えてよ」

僕は春風さんの目に身が竦む思いをしながらも、ここで退いたら絶対に駄目だと勘が告げていたため、春風さんと向き合うことにする。

すると――

「それは…………言えるわけないいじゃない……」

――なぜか、春風さんは顔を真っ赤にしてプイッと顔を背けてしまった。

うん、どういうこと？

「ごめん、春風さんが何に怒っているのかわからないや……」

春風さんは教えてくれなさそうだし、僕としては思い当たる節がない。

だからもうお手上げ状態だった。

だけど、このままだと取り返しのつかないことになるということだけはわかった。

そう考えると、僕は凄く胸が締め付けられる感覚に襲われ、今日のことに対して自分が抱えていた気持ちを打ち明けずにはいられなくなる。

「それにえっと、怒らせておいてこんなことを言うのもなんだけど、春風さんと遊びに行くのは楽しいからイラストのこと関係なしに楽しみでもあったんだ。だから、このまま怒らせたまま終わらせたくないんだよ」

「…………」

僕が自分の正直な気持ちを伝えながら困ったように彼女の顔を見つめると、春風さんの頬がプクッと小さく膨れ上がる。

先ほどまではとても冷たい目をしていたのに、今はどこか子供が拗ねたようなかわいらしい表情になっていた。

今しがた僕に話せないと言った時に照れたような――拗ねたような表情をしていたから、気持ちが変わったのだろうか？

「どうしたら許してくれる？」

「……………謝ってくれたら」

「えっ、でも、さっきは理由がわかっていないのに謝っても意味がないって」

「いいから、もうそれで許すって言ってる……！」

「ご、ごめん」

なんだか顔を赤くしながら怒られてしまい、僕は慌てて春風さんに対して謝った。

すると、春風さんは『もういい、許す』と言って、再び踵を翻した。

今謝ったのは春風さんの言葉に反発したことに対して咄嗟に謝っただけなのだけど、春風さんはそれで許してくれたようだ。

本当にいいのかな、これで……？

そう思ったのだけど、春風さんは許すと言ってくれた。

だからもう気にするのはやめようと思い、僕は再び春風さんの隣に並んだ。

「えっと、それでどれに乗ろうか？」

「そうね、とりあえず笹川君はあれに一人で乗ってきたらいいんじゃない？」

そう言って春風さんが指さしたのは、人が高いところから紐一本で飛び降りるアトラクションだった。

いや、うん、アトラクションというか、バンジージャンプだ。

「あの、許してくれたんじゃなかったの……？」

こんなものを勧めてくるだなんて、絶対に怒っているとしか思えない。

だってあれは、怒りの捌け口にしようとしているようなもんでしょ。

「許してるわよ？　ただ、あんなふうに飛ぶかっこいい笹川君を見てみたいって思っただけで」

「うん、そんな煽てようとしたって無駄だからね？　僕はそんな単純な男じゃないから」

「そう、残念。仕方ないからあっちでいい」

「いや、あれも絶叫系だよね？　全く何も納得してないよね？」

次に春風さんが指さしたのは高さ二百メートルまで上った後、一直線に急降下するアトラクションだった。

あれは外野として見ていても背筋が凍りそうなほど怖く感じる。

そんなものを勧めてくる時点で全然変わってない。

「笹川君って意外とわがままよね」

「僕のことをわがままと言う春風さんが凄いよ」

「ふふ……」

自由奔放な春風さんの言葉にツッコむと、ふと春風さんが笑みをこぼした。

僕にはわからなかったけれど、このやりとりは彼女的に楽しかったらしい。

「もうこれで本当に許した。だからもう気にしなくていいから」

そう言う春風さんの表情は確かにスッキリしているようで、もう本当に怒っていないことがわかった。

どうやら僕を弄って満足したらしい。

意外と――ではないのか。

春風さんの持つ印象なら十分ありえることだけど、彼女はSなのかもしれない。

まぁでも、僕と二人きりの時の普段の様子を見ているとむしろ逆なような気がするけどね。

さすがに明言はしないけどさ。

「ありがとう」

僕は今思っていることは口にせず、春風さんに感謝の気持ちを伝えた。

すると春風さんも満足したようで、何も言わずに隣を歩く僕との距離を詰めてきた。

それからは、メリーゴーランドやコーヒーカップという比較的おとなしい乗り物で遊んだり、ジェットコースターのように空に作られたコースを二人乗りの自転車をこいで移動するというアトラクションに乗ったりした。

後は、スケート場というのもあったので二人でローラースケートをして遊んだ。

春風さんはやはり運動が苦手なのか、スケート場に出た瞬間にこけるというハプニングで春風さんが涙目になったりもしたのだけど、手を引いてあげると滑れたのでとても喜んでいた。

手を繋ぐのは子供っぽくて恥ずかしいと思ったのか顔は赤かったけれど、表情は嬉しそうに笑みを浮かべていたのでとてもかわいらしかった。

そんな彼女を見ていると幸せな気持ちになり、僕はもう春風さんのことしか考えられなくなったくらいだ。

――そう、写真を撮ることを忘れるほどに。

「やっちゃった……」

僕が写真のことを思い出したのは、空が夕日に染まり始めた頃だった。

今日遊園地に来てから撮った写真はフォルダ内に一枚もない。

つまり、ここに来た目的を全く果たしていなかったというわけだ。

「写真、まだ撮るつもりでいたんだ？」

スマホを見て固まる僕に春風さんが声をかけてきた。

少し顔を寄せてきて、僕の手元にあるスマホの画面を覗き込んでいる。

「だって、今日の目的はこれだったんだし……」

「どんな写真を撮ろうとしてたの？」

「アトラクションで楽しく遊ぶ春風さん」

「……あの、後で写真全部チェックするからね？　いくら笹川君でも持っていていい写真と持っていたらだめな写真があるんだから」

春風さんは何を言っているんだろう？

イラストの資料にする写真を選ばないといけないのだから春風さんにもチェックをしてもらうし、資料に使わない彼女の写真は全て僕が持っていていいはずがない。

だからちゃんと後で消すつもりだよ。

「心配しなくても大丈夫だよ」

「うん……。それで、遊園地の写真を一枚も撮れてないけど、もう帰るのよね？　どうするつもりなの？」

「まぁ一応、最後に観覧車だけは乗ろうとは思っているけど……」

「観覧車……！」

なんだろ、観覧車に乗ると言うと春風さんがとても嬉しそうな声を出した。というか、顔近いな。

息が当たりそうな距離じゃないか。

おかげで胸の鼓動が凄く速くなってしまっているんだけど。

「そっか、そっか、観覧車乗るんだ」

「あぁ、よかった。春風さん乗りたかったんだね」

「別に、乗りたかったとは言ってないと思うの」

今しがた観覧車に乗ると聞いて上機嫌になったのに、いったいこの子は何を言っているんだろう。

だけど指摘して機嫌が悪くなっても困るし、ここは黙っているのが賢明だ。

「観覧車での撮影、夕日が映る海を眺める春風さんを写真にするのはとても綺麗だろうね。夕日の光がいい具合に春風さんを照らしてくれそうだし」

「……笹川君って前から思ってたんだけど、わざと言ってるの？　それとも素で言ってるの？」

「？」

「うん、いい。今のでわかったから口にしなくていい」

春風さんの質問の意味がわからなくて首を傾げると、なんだか呆れられたような声を出されてしまった。

そして春風さんはソッポを向いてしまったのだけど、もしかして僕はまた怒らせてしまったのだろうか？

髪がかけられることで見える耳が赤く染まっているのは、彼女の怒りなのかそれとも夕日の光なのか、いったいどっちなんだろう？

ソッポを向いてしまった春風さんを見て、僕は最後の最後にまたやらかしてしまったのかと心配になるのだった。

◆

「――綺麗だね……」

観覧車に乗って海が見える高さまで上ると、窓の外を眺めていた春風さんがウットリとした表情を浮かべた。

夕日に照らされる彼女は凄く綺麗で、正直僕はオレンジ色に染まる空や海よりも春風さんのことを見ていたい。

そんな彼女は綺麗な景色に見惚れているのか、隣に座る僕の視線に気が付いていないようだ。

僕が彼女の隣に座っているのは、彼女がこういう時は隣に座るものだと言ったからになる。

しかも僕が対面に座ろうとしたら、『それでもラブコメ作家なの？』とよくわからない怒られ方をした。

プロデビューしてなくても小説を書いている時点で作家というのなら、確かに僕はラブコメ作家かもしれないけど、どうしてこんな罵倒のされ方をしたのかは本当によくわからない。

だけど、隣に座ってからは春風さんの機嫌はよくなったので、そこまで気にしなくてもいいんだと思う。

「観覧車が一番好きかもしれない」

「そうなんだ、僕も観覧車が一番好きだよ。やっぱり景色が綺麗だからね」

「…………」

「春風さん……？」

春風さんの言葉に同調すると、なぜか春風さんが窓から視線を逸らして僕に体を寄せてきた。

そして近い距離からジッと僕の顔を見つめてくる。

かわいい女の子にこんなことをされてドキドキとしない男はいないだろう。

夕日に染まる彼女の顔が近くにきて、僕の心臓は破裂しそうなくらい鼓動がうるさくなった。

そして彼女が口にしたのは――

「写真、撮らないの？」

――観覧車に乗ってから一度も写真を撮ろうとしない、僕への指摘だった。

「あっ、忘れてた……」

僕は彼女に指摘をされ、慌ててスマホを取り出す。

忘れていたのは観覧車に乗ってからずっと春風さんに見惚れていたからなのだけど、本来の目的を忘れてしまうなんて僕は相当抜けているのかもしれない。

「貸して」

「えっ？」

スマホの画面ロックを外すと、なぜかスマホを春風さんに取り上げられる。

そして、彼女は僕の腕に自分の腕を絡ませてきた。

「は、春風さん!?」

「これ、デートシーンで使う挿絵のモデルなんでしょ？　だったら、こういう写真もいると思うの」

急に腕を組まれて心臓が更に爆発しそうなほどに激しくなっていると、顔を赤く染めた春風さんが素っ気ない様子で言ってきた。

確かに、デートシーンなら腕を組むことは珍しくないし、むしろ観覧車なら腕を組むほうが一般的かもしれない。

だけどイラストのためとはいえ、まさか彼女が腕を組んでくるなんて思わなかった。

それに顔が真っ赤なのは本当に夕日のせいなのだろうか？

多分、違う気がする。

結局、僕は緊張から何も言えなくなってしまい、その間に春風さんが写真を撮ってしまった。

彼女は写真を撮り終えると、なぜか自分のスマホにその写真を送ろうとする。

しかし、未だに僕たちは連絡先を交換していなかったことを思い出したのか、上目遣いで僕

の顔を見上げてきた。

「あの、連絡先……交換したい……」

「あっ、う、うん」

僕が頷くと、春風さんは嬉しそうに笑みを浮かべて僕のスマホを操作し始める。

きっと僕のスマホに自分のチャットアプリのアカウント情報を入力しているんだろう。

そして自分のスマホに画像を送り終えたのか、春風さんは恥ずかしそうに照れ笑いをしながらスマホを返してきた。

「ありがとう」

「いや、うん、こちらこそ……」

スマホを返してもらっても僕はどこか落ち着かなかった。

というのも、気が付いてしまったからだ。

僕たちが今二人きりで観覧車に乗っているこれが、デートと呼べるものだということを。

いや、今更かと思われるかもしれないのだけど、今までイラストをどうにかしないといけないということばかり考えていたせいで全く気が付いていなかったんだ。

春風さんと遊びに行くというのは楽しみだったけれど、イラストのことを優先していたからデートだという認識はなかった。

「待ち受け……にすると、誰かに見られたら困る……。あっ、チャットアプリのバック画面に設定すれば……ふふ……」

僕の隣では、何やら春風さんが小さくブツブツと言いながら笑みを浮かべていた。

ねぇ、春風さん。

君は最初から気が付いていたの？

そしてその嬉しそうな笑顔はいったい――。

僕は彼女の気持ちを聞いてみたかったけれど、生憎その勇気が湧くことはなかった。

「――あっという間だったね」

電車に乗って帰る中、春風さんは寂しそうな笑みを浮かべる。

楽しい時間はすぎるのが早いとよく言われる。

彼女があっという間だったということは、楽しんでくれていたということなんだろう。

そして、僕も時間が経つのはあっという間だったと感じている。

それだけ楽しい一日だった。

「春風さんのおかげで写真も十分に集まったし、後はこれからいいのを選んでイラストのモデルにしてよ」

「……笹川君って、意外と空気読めないよね」

「えっ？」

「ううん、なんでもない。それにしても、私の写真がいっぱい……これ、盗撮で訴えたら私勝てるんじゃないかな？」

一瞬拗ねたような表情をされて戸惑うと、春風さんは首を横に振って別の話をしてきた。

そしてその話は僕が撮り溜めていた春風さんの写真のことであり、彼女はニヤニヤと意地悪な笑みを浮かべている。

こんな笑みを浮かべる彼女はそうそう見られないだろう。

「そ、そのことに関しては謝るから許してくれないかな？　ほら、これ全部イラストのために撮ったわけだし」

「本当にイラストのためだけ？　実は、自分の欲求を満たそうと駄目なことに使ったんじゃないの？」

春風さんは何を思ったのか、急に頬を赤らめながら変な疑いをかけてきた。

チラチラと恥ずかしそうに僕の顔を見始めたのだけど、平気でエロ話をぶちこんできていた子が今更何に対して照れているのか疑問でしかない。

後、駄目なことだなんてそんなこと僕がするわけないのにね。

「誰かに売ってお金稼ぎとかはしていないし、当然これからもするつもりはないから安心していいよ」

「……そういうことじゃない。やっぱり、笹川君は天然だと思う」

彼女を安心させようと言った言葉に対して、何やら春風さんはガクッと拍子抜けしたような表情をした。

そしてジト目で僕のことを非難してくるのだけど、春風さんにだけは天然だと言われたくないと思うのは僕だけだろうか？

だって、絶対に彼女のほうが天然だからね。

「春風さんが言いたいことがよくわからないけど、とりあえずこの写真は春風さんがイラストに使う物以外は全て消すよ」

必要なのは、春風さんが使う三枚――いや、余裕があれば五枚描いてもらうことになっているから、五枚だけだ。

残りは当初の予定通り全て消すつもりでいる。

だからそのままを伝えたのだけど、春風さんはもう興味がないのか素っ気ない返事をしてくるだけだった。

春風さんの感情が起伏するポイントは未だによくわからないな。

「後はモチベーションのほうなんだけど……大丈夫そう？　ほら、前に普通のイラストだとモチベーションが上がらないって言ってたからさ」

もう写真のほうには興味がなさそうだったので、今度はもう一つの懸念事項であるモチベーションのことに関して聞いてみた。

すると、春風さんは『何を言ってるの？』という表情で僕の顔を見てくる。

「自分の好きな作品のイラストが描ける、それだけで最高のモチベーションだと思うけど」

「そういうものなの？」

「うん」

イラストを描かない僕にはわからないけど、つまりそういうことらしい。

そういえばファンアートを描くような人もいっぱいいるね。

春風さんもそこは類に漏れなかったらしい。

ただ、彼女の話はこれだけで終わらないみたいだ。

「それに、他にもモチベーションはもらえたからね。これで頑張れなかったらだめだと思う」

そう言う春風さんはとてもかわいらしい笑みを浮かべていたのだけど、僕は彼女が言っているモチベーションがいったいなんなのかがわからず、思わず首を傾げてしまうのだった。

◆

資料を提供してからの春風さんは、あの神代先生さえも驚くほどのスピードでイラストを描き上げた。

やはり技術だけでなく速さも持つ凄まじい子だったというわけだ。

描き上げられたイラストはどれも素晴らしい物だったし、もう何も心配いらないだろう。

——そう思ったのだけど、まるで神様が僕を嘲笑うかのように、二つの問題が唐突に起きてしまった。

一つは、春風さんがペンネームに自身のＳＮＳで使っている『すず』という名前を使ってしまっていたことだ。

なんでも、この名前はお気に入りであり、僕の小説作品に載せる名前なら『すず』がいいということらしい。

だけど、彼女は既にその名前でSNSで知られており、しかもエロ専門で知られているのに同じ名前で出せるはずがないんだ。

この本は一応学校側にも提出するのに、春風さんのイラストレーター名を知っている先生がいたらアウトだろう。

体育教師の先生とかいかにも好きそうだしさ。

だから春風さんを頑張って説得し、渋々『りん』という名前にしてもらったため、正直こちらはそれほど問題ではない。

印刷所に電話してもペンネームの差し替えはまだ間に合うということだったからね。

問題は、もう一つのことだった。

この春風鈴花という女の子、見た目詐欺にもほどがあると言っても差し支えないほどの天然を発揮していたのだ。

とりあえず、僕は春風さんを連れてそのことを神代先生に報告したのだけど――

「冗談、きついです……」

――あの神代先生でさえ、この反応だ。

「あ、あの、神代先生。春風さんも決して悪気があったわけじゃないので……」

一応、春風さんに悪気がなかったことを僕は伝えておく。

その春風さんはといえば、僕の後ろで頬を膨らませて不服そうに拗ねていた。

まぁ彼女が拗ねているのは僕のせいなので、ここくらいはフォローをしておこうと思った感じだ。

「本当に悪気がなかったのですか？　むしろ悪意しか感じませんよ？」

「言いたいことはわかりますけど、彼女的にはいけると思ったみたいなので……」

「へぇ――いったいどうやったら千部も売れると思ったのか、実に興味深いですね」

ここ最近は比較的優しかった神代先生の、とても冷たい目が僕に――というよりも、僕の後ろに隠れる春風さんへと向いた。

そう、もう一つの問題というのは、春風さんが千部も刷るように印刷所に依頼したということだった。

当初の予定では百部より少し多めという感じだったのに、とんでもない冒険をしてくれたものだと今でも思う。

それにお金を立て替えるのは神代先生で、ましてや赤字となった分は全て先生の負担になるのだからこの反応も当然だ。

そんな神代先生に対して春風さんは拗ねた声を出す。

「売れるもん……」

もう完全に拗ねた子供の反応だった。

「春風さん、イラストレーターとして活動するのであれば必要となってくると思い、印刷所への依頼や部数決めをお願いしましたが、いくらなんでもこれはやりすぎです。どれだけ売れるのか見込みをつけるのも、イラストレーターには必要となってくるスキルですよ？」

子供みたいになった春風さんに対し神代先生は溜め息を吐きながら苦言を述べる。

もう春風さんの扱い方は慣れたのか、少し優しめな声色だった。

「売れるもん……」

しかし、春風さんは売れるという主張を覆そうとしない。

頑なに売れると主張をしている。

おそらくこれには、僕たちのファンから寄せられたメッセージが関係しているんだろう。

というのも、数日前に春風さんが描き上げた表紙絵を僕の小説のページで公開し、その際に同人誌即売会で販売することも発表したのだ。

すると、なんと数百件もの『絶対に買います！』というコメントが寄せられた。

元々ランキング一位をとってからは凄くブックマーク数がつくようになり既に六千人を超えていたのだけど、それでもこんなにも買ってくれると言ってくれる人がいるとは思わなかった。

その中には表紙絵に惹かれたという人も多数いたんだ。

――だけど、実際この中に本当に買ってくれる人が何人いるのか。

全国で売られるのとは違い、今回は会場に足を運んでもらわないといけない。

だからこれらの感想は鵜呑みにしたら駄目なのだけど、多分春風さんは鵜呑みにしちゃったんだろう。

この子、意外に純粋だしね。

「笹川君、印刷所はなんと？」

先生はいったん春風さんの頭が冷えるまでそっとしておこうと思ったのか、思考を印刷所へのキャンセルの方向へと切り替える。

だけど、僕は先生の言葉に首を横に振った。

「これだけの量を大幅に減らされるのは困る、とのことです」

「頭が痛くなってきました……」

当然だ。

千部ともなれば結構な額が必要となる。

売れなければその分神代先生の負担になってしまうのだから、どうにか売りたいところだけど……千部は、無理だ。

そんなのミラクルが起きることを祈るしかない。

「大丈夫です、売ればいいんですから」

「あの、春風さん？　私にも許せる限度というのが存在するのですよ？」

おそらく春風さんは神代先生を励まそうとしたのだろうけど、呑気な彼女の言葉が今の余裕がない神代先生の癇に障ってしまったようだ。

神代先生は引きつる笑顔で春風さんのことを見つめており、僕は必死に神代先生のことを宥めることとなった。

◆

——そして迎えた本番当日。

僕は、早速泣きそうになっていた。

というのも——春風さんに嵌められ、僕たちの大好きな作品の女性キャラにコスプレさせられていたからだ。

「そ、想像以上に似合ってる……！　みんみんだ……！」

目の前で珍しくも興奮をしているのは、僕を騙してこんな目に遭わせてくれた春風さんだ。

僕たちが共通して好きな作品である、『この凄い世界にお祝いを！』という作品の『みんみん』というキャラのコスプレを今僕はさせられている。

そしてそれは、先ほども言った通り女の子でかわいいキャラなのだ。

そもそもは、お客を引くためにはコスプレが有効だと彼女が言い出したことから始まる。

売れなければ神代先生に負担がもろに行ってしまうという負い目から僕は渋々コスプレを引き受けたのだけど、男子更衣室で春風さんに渡された服に着替えてからこれが女性キャラの物だということに気が付いた。

これはやられたと思い、慌てて服を着替えようとしたところ——なぜか、僕が着ていたはずの服はなくなっていたのだ。

そしてすぐに聞こえてきたのは、早く出てくるように促す春風さんの声だった。

彼女が男子更衣室に侵入をし、僕の逃げ道を塞ぐために服を持っていったということはおそらく子供でもわかるだろう。

もう正直帰りたくて仕方がない。

――で、僕をこんな目に遭わせた春風さんはコスプレしていないのかといえば、実は意外にも彼女もコスプレをしている。

しかも、僕がしているコスプレと同じ作品に出る『ミリス様』というキャラのコスプレだ。

彼女の髪色は銀髪だから確かにコスプレをするならミリス様が一番いい。

ましてや春風さんの再現は胸にまでも及ぶ。

見た感じ大きく膨れ上がったそれは、元の大きさを知る僕からすれば何かを詰め込んでいることは明白だった。

そしておそらくそれは、パッドと呼ばれている物だろう。

そう、この子は原作キャラであるミリス様をきちんと再現しているのだ。

なんせミリス様も春風さんと同じ、パッドで胸を大きくしているのだからね。

「写真……！　写真撮らないと……！」

春風さんは僕が今思っていることには気付いた様子を見せず、はしゃぎながらスマホを取り出し始める。

クールな彼女が今はまるで子供みたいだ。

目を輝かしながら嬉しそうにしてもらえるのは嬉しいのだけど、それが僕の女性キャラのコスプレに喜んでいると考えるとなんとも複雑な気持ちになる。

というか、こんな姿撮られてたまるか。

「駄目に決まってるでしょ」

すぐに僕は春風さんのスマホを取り上げる。

すると春風さんは怒って返せと主張をしてくるのだけど、写真に撮られるのは困るので彼女が諦めるまで返してあげない。

少しすれば彼女も諦めてくれるだろうし、それまでは彼女の手を躱し続けるしかなかった。

――しかし、どうやら敵はもう一人いたようだ。

「駄目、なのですか……？」

スマホを取り返そうと手を伸ばしてくる春風さんを退けていると、春風さんではない別のところから悲しそうな声が聞こえてきた。

声がしたほうを見てみると、バッチリとスマホのカメラを僕に向けている神代先生と目が合ってしまう。

いや、うん。

まじですか、まさかのあなたもですか。

あの冷たい印象が強いクールな神代先生が、僕の女装コスプレ姿を撮りたそうにしているのを目にし、僕は心の底から衝撃を受けた。

まぁでもよく考えると、クールで素っ気ない印象が強かった春風さんがこれなので、ラノベ系の小説家としても活動をしていた神代先生にこんな一面があってもおかしくないのかもしれない。

というか、クールな部分とか春風さんとよく似ているしね。

唯一違うのは、春風さんは結構抜けている天然な子だったのだけど、神代先生はイメージ通りしっかりとしているということだ。

……うん、そして厳しい女教師って意外と腐女子のイメージがあるから、むしろ逆にしっくりとくるかもしれない。

まぁ偏見だし、そう思っているのは僕だけかもしれないのだけど。

「神代先生も撮らないでください。というか、春風さんは僕の服を返してよ」

「だめ。売るにはそのコスプレ姿が必要だから」

「いや、こんなのしてたら誰も来ないよ」

「「それはない」」

なぜ、この二人はこんな綺麗に声を揃えるのか。

あなたたちそんなに仲良くないでしょ。

「これなら、ネットで男の娘が売り子をすると宣伝してもよかったかもしれませんね。女の子の集客ができそうです」

「いえ、男の客も集めないとだめなので、明言しなくてもよかったと思います」

「なるほど、他の壁サークル目当てに来た男たちを引き込むわけですね」

「そういうわけです」

そして何やらコソコソと二人が話し合いを始めたのだけど、変な悪だくみをしていないか心配になってきた。

普通なら何かあれば神代先生が止めてくれそうなのに、今はその神代先生があちら側に付いているわけだし。

これから千部目標に売っていかないといけないのに、本当に大丈夫なのだろうか……。

服も取り返せないまま周りからはジロジロと見られてコソコソ話をされており、頼りの二人はなんだか怪しかったので、僕は始まる前から今日の同人誌即売会が不安になってしまった。

――しかし、予想とは裏腹の事態が僕たちを迎える。

というのも、入場が開始されてすぐに僕たちの前にお客さんたちが列を作り始めたのだ。

予想外の出来事に僕は驚いて春風さんに視線を向ける。

すると彼女も僕のほうを見ており、目が合うと嬉しそうな笑顔を見せてくれた。

そして口を動かし、『がんばろうね』と言って前を向く。

その様子を見てお客さんを放置していることに気が付き、僕も慌ててお客さんに向き直して会計の対応をすることにした。

「WEB小説サイトで読んでからファンになりました。今日の一番の目当ては、文先生の小説なんですよ」

そう言ってくれたのは、男の人ではなくまさかの女の人だった。

てっきり男の人ばかり来るものだと思っていただけにこれには内心驚く。

だけどそれ以上に、どうでもいいと思われていると思っていた僕のＷＥＢ小説を読んで、ファンになってもらえたというのが嬉しかった。

「ありがとうございます……！　まさか、女性の方に読んでもらえているとは思いませんでした……！」

「そうなんですか？　普通に女性受けする感じの話や文章だったので、女性をターゲットにしてるのかと思ってました。まぁ確かにタイトルは男の子が好きそうな感じですけど……先生がかわいい女の子だからか、やっぱり女性も好きな作品だと思いますよ」

お会計を済ませている間女性が笑顔で話してくれたのだけど、悪気のない言葉が僕の胸にグサグサと刺さる。

確かに女装をしているから女の子に見られても仕方がないのはわかるよ。

でも、僕は男でかわいくなんてないんだ。

そう言いたかったのだけど、女装をしていて気持ち悪いと言われるのが怖くて結局言葉にすることはできなかった。

「それにしても、攻めましたね……」

女性は僕たちの後ろに積まれる大量の本を見て苦笑いを浮かべる。

うん、僕も同じ気持ちだよ。

「これ、ちょっとした手違いがありまして……どうにか売ろうと頑張ってはいるんですけどね」

「そうなんですか？　……わかりました、頑張ってください！」

女性はそれだけ言うと、笑顔で立ち去ってしまった。

途中の間《ま》は気になったけど、すぐに次のお客さんの対応をしないといけなかったのでこの時僕はあまり気にしなかった。

――僕の作品のファンで買いに来たというのは最初の女性だけではなく、後に並ぶ人たちもみんな同じようなことを言ってくれた。

そしてみんな、女性だったのだ。

つまり、僕の書いていた小説は女の子に受けるものだったらしい。

そういえば春風さんも女の子だし、神代先生も女性だ。

もしかしなくても僕は女性物を書くことに向いているのだろうか？

わからないけど……まぁただ、僕に小説の書き方を教えてくれたのが神代先生だったり、姉さんだったということが女性に受けていることに関係しているとは思う。

やっぱり、男と女では文章も変わってくるだろうからね。

正直言えば女の子扱いをされたのはショックだったけれど、それでも僕のＷＥＢ小説を読んでわざわざ買いに来てくれたのは本当に嬉しかった。

「やっぱり笹川君の小説は凄いね。こんなにもファンだって買いに来てくれるんだから」

当初できた列を捌ききって余裕ができると、春風さんは笑顔でそう言ってくれた。

「うん、ありがとう。まさかこんなにも嬉しいことを言ってもらえるだなんて思わなかったよ。僕の本文なんてどうでもいいのかなって思ってた自分を本当に情けないと思う」

「ふふ、笹川君の小説は本当に凄いんだよ。ほら、がんばってもっと売っていこ」

僕が肩をすくめると、なぜか春風さんは得意げな笑顔を見せた。

そしてその笑顔を見ていると、思わず微笑んでしまう。

「そうだね、がんばろう」

僕は春風さんの言葉に頷くと、千冊完売を目指して頑張ろうと思った。

だけど、当初できた列を捌いてからはまばらにお客さんが来るだけだったので、百冊は売り切れそうだったけれど千冊は到底無理だという現実を突きつけられる。

「ど、どうしよう……？」

いたずらに時間だけが過ぎる中、思っていた数のお客さんが来ないせいで春風さんが不安そうな表情を浮かべて僕の顔を見てきた。

やはりＷＥＢで買ってくれると言っていた人たちのほとんどは来られなかったのだろう。

売られる場所がこの同人即売会だけなのでそれも仕方がない。

幸い神代先生は既に割り切っているのかお客さんが来なくなっても不機嫌そうにはしていないけれど、根はいい子である春風さんは先生の機嫌も関係なしに気にしてしまうはずだ。

彼女は一生懸命なだけで誰かに迷惑をかけたくてやっているわけじゃないからね。

せめて、半分くらいは売れてくれたらいいのだけど――。

そう考える僕だったけれど、このペースではせいぜい百数十冊売れるのが関の山。

そういう現実を突きつけられた僕たちは途方に暮れ始める。

――しかし状況は、昼を過ぎ、同人即売会の終了に対して折り返しを迎え始めた頃になって一変した。

なぜかはわからないけれど、急に僕たちの販売スペースの前に開始時の数倍の列ができ始めたのだ。

「い、いったい何が起きたの……！」

僕は急いで次から次へと会計を済ませながら、予想外の状況に困惑をしてしまう。

すると、丁度会計をしていた目の前の男性が僕の疑問に答えてくれた。

「もしかして、この列ですか？」

「えっ？　あっ、はい、そうですね」

「少し前にSNSで有名な感想垢の人が、美少女二人が『この凄い世界にお祝いを！』のコスプレをしていて、しかもキャラにソックリだという内容を投稿したんですよ。そして売られている本の表紙絵もプロのイラストレーターが描いているレベルのクオリティの高さだから、是非とも会場にいる方は行ってみてって書かれてました。添付されていた表紙絵の画像が本当にかわいかったから、僕も買いにきたんです。多分みんなそうですよ」

「そ、そうなんですか!?」

「SNS、凄い……！」

僕が驚くと、隣で話が聞こえたのか春風さんも驚いた声を出した。

一生懸命猛スピードで本を売っているのに、僕たちの会話を聞く余裕があるなんて凄い。

「もしかして、本を買ってくれた人の中にその有名な人がいたのかな？」

僕は男性の会計を済ませると、本を後ろから取ろうとした際に同じタイミングで後ろを振り返った春風さんに話しかけてみる。

「もしかしてなくてもそうだよ……！　そうじゃないとわざわざ広めてくれないから……！」

「確かにそうだよね！　とりあえず、このチャンスを逃さないようにがんばろう！」

僕たちは短く話を済ませると、すぐに会計を済ませるために前を向く。

もう僕たちの位置からは列の最後が見えない。

正直この列がいつまで続くのかはわからないけれど、猛スピードで会計を済ませていかないと到底捌ききれそうにはなかった。

形はどうあれ、たくさんのお客さんが来たことで最大のチャンスが来たと思った僕たちは全力で列を捌いていく。

そのおかげもあって次から次へと売れていくので、みるみるうちに本は減っていた。

目標の百冊なんて忙しさに悲鳴を上げているうちにとっくに超えていたようだ。

気が付けば、本の四割くらいはなくなっている。

そして未だに列が途絶える気配はない。

人が欲しがる物は欲しくなるという精神によって、中には長蛇の列に引き寄せられた人もいるんだろう。

ましてやここは壁サークルでもない本来ならスルーされるかもしれないような位置取りになる販売スペースだ。

そんなところでありえないほどの長蛇の列ができていれば、みんな興味本位に並んでしまうのかもしれない。

販売開始されてから結構な時間が経っているし、みんな目的の物は手に入れた頃だろうしね。

「――やっと順番が回ってきました……」

必死こいてお客さんを捌いていると、同人誌即売会には似つかわしくないお嬢様みたいな桃色髪の上品な女の子が僕の前に現れた。

その様子からはとても疲れているのがわかり、長蛇の列に並ぶのは慣れていないのがわかる。

女の子は僕より少し年上に見える大人っぽい顔付きをしていて、桃色髪のロングウェーブヘアをしていた。

「おまたせして申し訳ございません」

「いえ、お気になさらないでください。興味本位で並んだのは私《わたくし》ですから」

僕が頭を下げると、女の子は優しい笑みを浮かべてくれた。

きっと優しい人なのだろう。

女の子の視線はそのまま僕から下に並べてある本へと移る。

「これがその、『クラスメイトの素っ気ない銀髪美少女は、ただ甘え方が下手なかわいい女の子でした』ですか。なるほど、確かに表紙絵はプロ並みですね。このイラストはあなたが描かれたのですか？」

「いえ、隣で売り子をしている銀髪の子が描いてくれました」

「なるほど、あの子が……。こちら、お会計をお願い致します」

「あっ、はい」

僕は本の代金を頂き、袋に詰めて本をお嬢様ふうな女の子に渡した。

春風さんのことを紹介した時に目付きが一瞬だけ変わったような気がしたのは、気のせいだったのかな？

まぁでも目の前にはまだたくさんのお客さんが待っているんだし、今はそんなことを気にしている暇はないね。

僕は少しだけ先ほどのお嬢様ふうな女の子が気になったけれど、今は本を売ることに集中することにしたのだった。

◆

「「――終わった……！」」

終了のアナウンスが流れ、片付けを終えて私服へと着替えた僕たちは会場の外にあった椅子に座りぐったりとしていた。

結論から言うと、結局千冊もあった本を売り切ることはできなかった。

だけど、最終的には七割くらいの本が売れたのだ。

絶望的だった午前のことを考えるとこの数は奇跡と言っても過言ではないだろう。

本音を言えば終了のアナウンスが流れた後もまだまだ列は続いていたため、時間さえあれば本当に千冊売り切れていたのではないかと思っている。

しかしそれは贅沢な考えで、七百冊も売れたことを喜ぶべきだ。

それに終了のお知らせを聞いて残念そうにするお客さんや、どうにか売ってほしいと言ってくれるお客さんもいて胸がとても熱くなった。

決まりを破ることはできないので結局売ることはできなかったけれど、神代先生は残った本は次の同人即売会に回せばいいと言ってくれたし、お客さんたちにそのことを伝えるととても喜んでくれた。

結局売り切れなかったことで神代先生には申し訳ないことをしてしまったけれど、先生は怒るどころか僕たちのことをとても褒めてくれたので、本が売り切れなかったことは気にしていないようだ。

そのおかげで春風さんも素直に七割近くの本が売れたことを喜ぶことができていた。

こういうところを見るに、本当に神代先生は優しくていい先生だと思う。

「お二人とも、お疲れさまでした。本当によく頑張りましたね」

春風さんと二人椅子に座り込んでいると、僕たちのために飲み物を買ってきてくれた神代先生がまた笑顔で労ってくれた。

この人も相当疲れているはずなのに、こういうところはやっぱり大人だよね。

僕たちとは体力が違えば、精神力も違う。

もう僕はクタクタで動きたくないくらいなのに、疲れた様子を一切見せない神代先生は本当に凄い。

春風さんは大丈夫なのだろうか？

チラッと春風さんに視線を向けて見れば、丁度彼女もこちらを見たタイミングだったらしく目が合ってしまった。

すると、彼女はとても嬉しそうな笑みを浮かべる。

「いっぱい売れたね」

七割もの本が売れて嬉しそうに話す春風さんの笑顔はとても素敵に見えた。

こんなふうに喜びを表に出す子は魅力的に見えてしまうものなのだ。

「本当にいっぱい売れたね。これも春風さんが手伝ってくれたおかげだよ、手伝ってくれてありがとう」

僕は彼女の言葉に同調した後、心の底からお礼を言った。

今日の結果はまず間違いなく春風さんがいてくれたおかげだ。

彼女の力がなければ十冊も売れなかっただろう。

イラストも、発想力も、そして人を集める魅力も彼女が全て持ち合わせていたものだ。

僕はただ春風さんが作った波に乗っかっただけになる。

——まぁそれはさておき、春風さんと一緒にいたこれまでの時間はとても楽しかった。

だから、今まではあまり乗り気じゃなかったけれど、神代先生に言われていたことを実行しようと思う。

「それで春風さん、一つ相談があるんだけどいいかな？」

「何？　遠慮なく言っていいよ」

「ありがとう。えっとね、春風さんさえよかったら、文芸部に入ってくれないかな？」

「えっ……？」

僕のお願いに、春風さんは戸惑った様子を見せる。

急にこんなことを言われれば当然だ。

「僕は今日まで春風さんと一緒に創作活動をしていて、とても楽しかったんだ。それで、これからも春風さんと一緒に創作活動をしていきたいと思った。だから、春風さんに部員になってほしいんだ」

今まで接していてわかったことだけど、春風さんは他人と関わることを恐れている節がある。

そのせいで他人に素っ気ない態度をとって相手を遠ざけているんじゃないだろうか？

彼女が部員になろうとしないのも、いつでも文芸部から離れられるようにしておきたかったのかもしれない。

僕はそんな彼女の気持ちを無視して、自分勝手なことをお願いした。

それくらい、僕はこれからも春風さんと一緒に創作活動をしていきたいと思っているんだ。

後は、春風さんの答え次第になる。

春風さんはジッと僕の顔を見つめるだけで、口を開こうとはしない。

おそらく、僕の様子を見ながら考えているんだと思う。

ここは下手に何かを言うよりも、彼女が答えを出すのを待ったほうがよさそうだ。

勧誘はしているけれど、春風さんの意思で部員になってほしいからね。

「――うん、いいよ。私、文芸部に入る」

春風さんが黙ってから数十秒後、彼女は小さく首を縦に振った。

「いいの？」

「うん。だって私も、今日は凄く楽しかったから。だからこういったイベントごとがあれば、これからも参加していきたいと思うの。それに、次こそは完売をしたいしね」

どうやら、春風さんも僕と同じような気持ちだったらしい。

それに彼女は負けず嫌いでもあるようだ。

次こそは完売したい、それは僕も同じ気持ちだった。

「よかった、入ってくれて……」

僕は彼女が頷いてくれたことに対してホッと息を吐きながら安堵の言葉を呟く。

そうしていると、なんだか春風さんが急に落ち着きなく僕の顔をチラチラと上目遣いで見上げ始めた。

右手では自身の綺麗な髪を触っているし、体全体でもそわそわとしている。

「どうしたの？」

「あっ、えっと……」

声をかけると、更に春風さんの様子は挙動不審になった。

その後ろでは何やら微笑ましそうに僕たちのことを見つめている神代先生の顔が見えたけれど、若干ニヤついているように見えるのは僕だけだろうか？

神代先生でもあんな表情をするんだね。

僕は神代先生の表情が気になったのだけど、目の前で挙動不審な様子を見せる春風さんのことのほうが気になって再度視線を春風さんに戻す。

すると、彼女は意を決したように口を開いた。


「そ、それでね、えっと――これからよろしくね、文君……！」


彼女がどうして挙動不審な様子を見せていたのか、それは名前を呼ばれたことでわかった。

なんでそんな呼び方をしたのかはわからないけど、春風さんは僕の呼び方を変えてきたのだ。

多分この呼び方をするのに勇気がいったのだろう。

見ればいつの間にか顔も赤く染まっている。

そしてそんな春風さんの顔を見ていて僕の顔は急激に熱くなった。

おそらく彼女と同じように赤くなってしまっているんだろう。

「こちらこそよろしく……えっと、鈴花ちゃん」

僕がそう呼ぶと、春風さんは驚いたような表情を見せた。

というか、僕も驚いていた。

彼女に合わせようとは思ったのだけど、本当は鈴花さんと呼ぶつもりだった。

なのになぜか、口から出たのは鈴花ちゃんだったのだ。

「あっ、今のは――」

僕は慌てて取り繕うと口を開く。

だけど春風さんの表情が変わったことに気が付き、思わず口を閉ざしてしまった。

驚いた表情を浮かべていた春風さんの表情は、満面の笑みに変わっていたのだ。

「えへへ、よろしくね」

そう言う春風さんの笑顔は人懐っこい年相応のかわいい笑顔で、僕はその笑顔に見惚れてしまうのだった。


――この時の僕はもうわかっていた。

春風鈴花という女の子は、ただクールな仮面を被っているだけで、本当はただのかわいい女の子だっていうことを。

《了》

あとがき

まず初めに、『クール美少女の秘密な趣味を褒めたらめちゃくちゃなつかれた件』をお手に取って頂きまして、ありがとうございます。

また、書籍化をするにあたり携わってくださった皆様にもとても感謝をしております。

特に、今作を出すにあたって共に頑張ってくださった担当さんに、素敵なイラストを描いてくださった千種みのり先生には頭が上がらないほど感謝をしています。

きっと千種先生の表紙絵に惹かれて本作をお手に取ってくださった方は多いことでしょう。

表紙絵だけでなく、挿絵も素敵すぎると言っても過言ではないほどに素晴らしいイラストを描いて頂けて、本当に嬉しい限りでした。

そして、担当さんにはアドバイスを頂き、数多くのシーンでご相談をさせて頂いたことによって本作は完成しました。

他作品も担当をしていてお忙しいなか熱心にお相手をして頂き、本当に有難かったです。

――さて、本作はネコクロにとって二シリーズ目となる書籍化作品になります。

こうして二シリーズ目の書籍化作品を出せたことは嬉しい限りで、今まで頑張ってきてよかったと思いました。

そして、ネコクロがここまで頑張って来られたのは、WEb小説サイトやSNSでずっと応援をして下さるファンの皆様がいてくださったおかげです。

本作によって、少しでもその恩を返せていますと幸いです。

本作は文也と鈴花の両片思い作品となり、甘くてジレジレ、だけど鈴花は甘えたがりで、そんな鈴花をほとんど無意識に文也は甘やかしてしまうという関係になっております。

どれだけの方の手元へと届いているかはわかりませんが、一人でも多くの方に本作を読んで推し作品だ、と思って頂けていますと幸せの限りです。

続編では新キャラの登場や文也と鈴花の関係が進むことにより、更にかわいい鈴花の一面をお見せできる予定ですので、二巻もお届けできることを祈っております。

また、現在WEB小説サイトの小説家になろう様では書籍化をしていない作品で、ブックマーク数一万人を越える作品や、数千人の作品など多くのラブコメ作品を掲載しておりますので、もしご興味を持って頂けるようであれば読んでみて頂けますと幸いです。

それでは、最後にもう一度になりますが――本当に今回書籍をお手に取って頂き、ありがとうございました！

これからもネコクロは作家として多くの作品を皆様にお届けできるように頑張りますので、どうぞよろしくお願い致します！

ネコクロ

ブレイブ文庫

雷帝と呼ばれた最強冒険者
魔術学院に入学して
一切の遠慮なく無双する1
著作者:五月蒼　イラスト:マニャ子
自重、遠慮、一切なし！
この新入生、最強！
最強の雷魔術で無双する学園ファンタジー
最年少のS級冒険者であり、雷帝の異名を持つ仮面の魔術師でもあるノア・アクライトは、師匠の魔女シェーラに言われて魔術学院に入学することに。15歳にして「最強」と名高いノアは、公爵令嬢のニーナや、没落した名家出身のアーサーらクラスメイトと出会い、その実力を遺憾なく発揮しながら、魔術学院での生活を送る。試験官、平民を見下す貴族の同級生、そしてニーナを狙う謎の影を相手に、最強の雷魔術で無双していく！
©Ao Satsuki

ブレイブ文庫

レベル1の最強賢者4
～呪いで最下級魔法しか使えないけど、神の勘違いで無限の魔力を手に入れ最強に～

著作者:木塚麻弥　イラスト:水季

チート賢者、ダンジョンを蹂躙する!

獣人の国の危機を救い、武神武闘会に優勝したハルト。メルディを新たなお嫁さんに迎えた彼は、獣人の国にあるというダンジョンの存在を知る。そこは転生・転移勇者育成用のダンジョンだった。ステータス固定の呪いがかかっているとはいえ、ハルトも邪神によって転生させられた者。クラスメイトたちとともにダンジョンの踏破を目指す。そしてそこでハルトは、自身に秘められた衝撃の事実を知ることになる――。

BRAVENOVEL
ブレイブ文庫

クール美少女の秘密な趣味を褒めたらめちゃくちゃなつかれた件

2021年4月24日　初版第一刷発行

著　者　　ネコクロ

発行人　　長谷川　洋

発行・発売　株式会社一二三書房
〒101-0003 東京都千代田区一ツ橋2-4-3
光文恒産ビル
03-3265-1881

印刷所　　中央精版印刷株式会社

■本書は小説投稿サイト「小説家になろう」（http：//syosetu.com/）に掲載された作品を加筆修正し書籍化したものです。

ISBN 978-4-89199-709-0